PUISQUE TU M'AIMES

DU MÊME AUTEUR
CHEZ LE MÊME ÉDITEUR

L'Esprit de famille (tome I)
L'Avenir de Bernadette (*L'Esprit de famille*, tome II)
Claire et le Bonheur (*L'Esprit de famille*, tome III)
Moi, Pauline ! (*L'Esprit de famille*, tome IV)
L'Esprit de famille (coffret tomes I à IV)
Cécile, la Poison (*L'Esprit de famille*, tome V)
Cécile et son amour (*L'Esprit de famille*, tome VI)
Une femme neuve
Rendez-vous avec mon fils
Une femme réconciliée
Croisière (tome I)
Les Pommes d'or (*Croisière*, tome II)
La Reconquête
L'Amour, Béatrice
Une grande petite fille
Belle grand-mère (tome I)
Chez Babouchka (*Belle grand-mère*, tome II)
Boléro
Bébé couple
Toi, mon pacha (*Belle grand-mère*, tome III)
Priez pour petit Paul
Recherche grand-mère désespérément
Allô, Babou, viens vite… on a besoin de toi (*Belle-grand-mère*, tome IV)
Laisse-moi te dire
Malek, une histoire vraie
Sois un homme, papa
Une vie en plus
Belle arrière-grand-mère
Voulez-vous partager ma maison ?
La Lanterne des morts
Les Quatre Filles du docteur Moreau
Toi, Pauline

CHEZ D'AUTRES ÉDITEURS

Vous verrez, vous m'aimerez, Plon
Trois femmes et un empereur, Fixot
Une femme en blanc, Robert Laffont
Marie Tempête, Robert Laffont
La Maison des enfants, Robert Laffont
Cris du coeur, Albin Michel
Charlotte et Millie, Robert Laffont
Histoire d'amour, Robert Laffont
Le Talisman, Robert Laffont (*La Chaloupe*, tome I)
L'Aventurine, Robert Laffont (*La Chaloupe*, tome II)
Allez France, Robert Laffont
Je serai la Princesse du château, Éditions du Rocher
Un amant de déraison, Éditions du Rocher
Loup y es-tu ?, Robert Laffont
N'ayez pas peur, nous sommes là, Flammarion
Chuuut !, Robert Laffont
Au plaisir d'aimer, Flammarion
Une femme, Flammarion
Dis, t'en souviendras-tu ?, Plon

Tous les livres cités sont également publiés au Livre de Poche, excepté les romans des éditions Robert Laffont, publiés chez Pocket.

Janine Boissard

Puisque tu m'aimes

roman

Fayard

Couverture : Nuit de Chine

ISBN : 978-2-213-71673-2

Remerciements

Merci à mon cher Pascal Baratin, quarante années de pompier volontaire, pour son aide tout au long de ce récit.

À Martine Tardy qui m'a si bien éclairée sur la morphopsychologie.

À Véronique Landemaine qui m'a guidée sur les lieux de cette histoire.

Et à mon ami Hervé Bazin qui, de là-haut, m'a soufflé l'idée d'écrire ce roman.

PREMIÈRE PARTIE

Je m'appelle Lou

– 1 –

Il paraît que celles qui portent mon nom sont curieuses et passionnées. Leur devise : « Gloire et ambition ». Leur point faible : une fâcheuse tendance à la ramener. Je m'appelle Lou, cadeau de mon père, Louis.

Moins brillant du côté de maman, Hélène. Alors que je me prélassais dans son ventre, un esprit malin s'est amusé à m'envoyer une salve d'éphélides en plein visage et du poil de carotte sur le crâne. Je suis rouquine.

De tout temps, les roux ont été les mal-aimés de l'Histoire. Dans l'Antiquité, quand on ne les cachait pas, ils étaient chassés du village, voués à une mort certaine. On prétendait qu'ils descendaient du renard, voleur et fourbe. « Des infirmes du poil », affirmait Aristote – drôle de philosophe ! Au Moyen Âge, le bon Saint Louis exigeait que les prostituées affichent cette couleur en espérant décourager le péché. Et la charité, le Saint ? Enfin, plus près de nous, pour saluer l'an 2000, un débile s'est diverti en lançant sur les réseaux sociaux la « Journée des coups de pied aux culs des roux ». Imaginez le désastre. J'ajouterai que, dans ma famille, je suis la seule à porter la couleur infamante : moi, l'erreur. Jolis yeux vert-bleu : pour rattraper ?

J'ai 16 ans et demi. Mon père est décédé il y a trois ans, renversé par un chauffard qu'on n'a jamais retrouvé : « décédé », ça fait un peu moins mal que « mort ». Ma mère est infirmière libérale, ce qui veut dire qu'elle n'a pas d'heure, et j'ai une petite sœur de 11 ans, cheveux blonds, yeux bleus, devant laquelle les pies les plus bavardes s'inclinent. Nous vivons à Montsecret, 561 âmes, en Haute-Normandie, le pays des brumes et des brouillards où, dans les forêts, fées et sorciers ont remplacé les druides d'autrefois.

En septembre dernier, je suis entrée en seconde au lycée Auguste-Chevalier à Domfront, sept kilomètres de la maison, une petite demi-heure à vélo en pédalant bien. Elsa est en CM2, cinq minutes à pied.

Notre maison, tout près du village, est une « longère » : un ancien corps de ferme fait de vieilles pierres, coiffé d'ardoises et, à l'intérieur, des poutres partout. On prend les repas dans la cuisine sauf lorsqu'il y a des invités où on met les beaux couverts et les assiettes de porcelaine sur la grande table du salon, munie d'un banc et de chaises paillées. Pas de plancher, des tomettes luisantes. À côté de la cheminée, une pendule dont le battant doré nous rappelle l'heure de filer à l'école.

Les chambres, mansardées, sont à ras de toit. Il paraît qu'autrefois on y rangeait le foin. Depuis la mort de papa, qui occupait une bonne partie des lieux avec son boulot d'agent d'assurances, il y a plein de vides partout et les voix résonnent autrement.

La longère possède un demi-hectare de terrain qui donne sur la forêt. C'est mon oncle et parrain, Philippe, frère aîné de papa, garde forestier, qui s'en occupe et, pour remerciement, il a droit au fameux crumble aux pommes de maman dont elle garde toujours quelques parts au frigo, n'attendant que d'être caramélisées. Miam !

En plus de son boulot d'infirmière, maman soigne à l'œil tous les petits bobos des Montsecréens, ce qui soulage le bon docteur Ferrat, 80 ans, qui, faute de trouver un remplaçant, mourra son stéthoscope au cou.

À part ça, nous nous appelons Châtenay, nom qui vient de châtaigner. Ça me va !

– 2 –

Mis à part garder la forêt, ce qui n'est pas une mince affaire, Philippe est pompier. Adjudant au centre de première intervention, caserne à Domfront : onze volontaires. Et c'est bien sûr grâce à l'uniforme bleu barré de rouge, au casque d'argent et surtout à l'éclatante devise : « Sauver ou périr », que la vocation m'est tombée dessus. Dès 5 ans, je vous raconterai.

C'est dire si j'attendais en piaffant d'avoir l'âge de passer le brevet de jeune pompier volontaire. C'est chose faite depuis juin dernier après quatre années de grimpage de cordes, pompes multiples – tâtez les muscles ! En ce qui concerne le reste : l'apprentissage des différentes techniques d'intervention, la mémorisation des nombreux véhicules de secours, la pratique du geste qui sauve, j'en passe.

Désormais, je suis apte à aller au feu.

Mon cousin Martin, fils de Philippe, tout juste 18 ans, vingt-cinq centimètres de plus que moi, a suivi la même formation. Nous fréquentons le même lycée, tous les deux en seconde. Il est parfois un peu lourd et un vrai pot de glu mais bon, quand on n'a pas de frère… Et lui, c'est sa mère, Aurore, qu'il a perdue il y a trois ans dans un incendie. Pauvre Philippe, quoi de plus cruel pour un pompier ! Et, comme si ça ne lui suffisait pas, Axelle, sa fille aînée, sœur de Martin, est brouillée avec lui.

Octobre, la forêt se coiffe de roux. Sous les pieds, les feuilles mortes croustillent comme des gaufrettes, s'égosille l'automne, vive la chasse aux champignons. Et aujourd'hui, le 5, mon parrain et Martin viennent déjeuner à la maison. Maman a mis les petits plats dans les grands : « morue à la Florentine », accompagnée d'épinards frais et, à ma charge, des pommes de terre sous la cendre. Quelle chance qu'il fasse beau, vivement midi !

Et, en même temps que les cloches de Saint-Michel s'ébranlent, saluant la sortie des mariés du jour – deux enfants du pays –, Martin débarque. Portés par le vent, on entend les applaudissements. Il lève les bras en signe de victoire comme s'ils étaient pour lui.

– Papa aura un peu de retard, nous avertit-il.

Un pompier n'a pas d'heure, c'était prévu. Et, pour nous permettre de patienter, la gourmande Elsa a préparé un apéritif maousse sur la table du salon. Maman donne le signal des réjouissances en y posant une bouteille de Coca et un verre de vin blanc pour elle. Tout en me régalant, je ne peux m'empêcher de regarder le pêle-mêle de photos sur la cheminée.

Ma préférée est celle où les frères, Philippe et Louis, adolescents, posent en tenue d'équitation. Philippe est un peu plus grand et plus baraqué que Louis. Il fixe l'objectif d'un air résolu. Papa esquisse un sourire timide. « Des deux, c'était lui le plus fragile », m'a confié un jour grand-mère. Peut-on avoir envie de protéger son père ? Hélas, c'est trop tard.

Mais un grondement de moto s'élève, s'arrête à l'entrée du jardin.

Un p'tit galop et mon parrain apparaît à la porte, je suis la première dans ses bras.

– Ça va, ma Filou ?

– Pas du tout ! J'avais peur que tu ne viennes pas. Finalement, les pompiers, c'est nul.

Il rit en m'embrassant. Il sent bon la mousse à raser, il s'est douché avant de venir. Pull, pantalon de velours, chaussures montantes, c'est le garde forestier qui nous fera l'honneur de partager notre repas.

Les effusions terminées, maman passe à la cuisine pour s'occuper du poisson, Martin et moi sortons les patates, roussies à point, du barbecue ; mon maladroit cousin se met de la cendre partout.

– Et de quel feu vient mon fils ? demande Philippe en lui ébouriffant les cheveux.

Cette fois, le rire est général. Nous nous installons.

– Aujourd'hui, c'est la sainte Fleur, lance Elsa. Elle avait trois frères, sept sœurs et des extases. On dit qu'elle répandait autour d'elle le parfum de la vertu.

Philippe désigne le filet de poisson que maman vient de poser sur son assiette.

– Crois-tu que le parfum de la morue s'accordera avec celui de ta sainte ?

– Oh ! s'exclame maman.

Mais, au loin, une sirène retentit tandis que le bip de l'adjudant se manifeste. Il le consulte, saute sur ses pieds, pique un baiser sur le front de maman : « Mille pardons, ma belle Hélène, un feu à l'Auberge. » Il court vers la porte, je le suis, il s'arrête.

– Non, pas toi, Lou ! Pas aujourd'hui.

Il disparaît. L'indignation me soulève : qu'est-ce qu'il croit ? Je m'élance, suivie par Martin.

– 3 –

Dans le hurlement des sirènes et l'odeur de la fumée, une petite foule courait en direction de l'Auberge de la Pomme d'Or, 4 étoiles, spécialisée dans l'organisation de repas de noces. « Lou, pas si vite, pas si vite », haletait Martin derrière moi, à bout de souffle. En quelques minutes, nous y étions.

C'était dans le champ, derrière l'Auberge, où, la veille, une grande tente blanche avait été dressée que, dans un grondement sourd, comme celui d'une marée, dansaient les flammes. Debout sur le camion-pompe, celui qui, un instant auparavant, partageait notre table, en tenue, barrée de jaune, casque sur la tête et rangers aux pieds, balayait le brasier de sa lance : calme, droit, résolu. À ses côtés, Jocelyn, son binôme – un pompier ne va jamais seul au feu. Aux miens, Martin, le visage extasié – comme la sainte ? Martin et son déraisonnable amour du feu, rien que pour voir son père le soumettre.

D'autres soldats, munis d'appareils respiratoires, tentaient de tenir les curieux à distance. Je les connaissais presque tous, j'appelais certains par leur prénom : des gars du village ou de Clairefougère, juste à côté, 123 âmes seulement.

Peu à peu, les grondements du feu laissaient place au crépitement des dernières flammèches et l'on pouvait voir, suspendus à la tente noircie, des restes de guirlandes, un lampion calciné. Et sur le plancher à demi brûlé, verre brisé et porcelaine fine voisinaient avec les reliques des nappes de gala et des chaises renversées, au dos de velours saccagé. La «part du feu», celle qu'on lui sacrifie pour sauver l'essentiel : des vies.

On racontait que la mariée avait été sauvée par Philippe. Que, dès son arrivée, il avait été la chercher dans les flammes qui commençaient à roussir sa robe et l'avait portée dans ses bras jusqu'à l'ambulance qui la conduirait, ainsi que son mari choqué, à l'hôpital. La famille et les invités s'étaient réfugiés dans la grande salle de l'Auberge. Il fallait voir les demoiselles d'honneur, serrées les unes contre les autres, les couronnes de fleurs – qu'elles avaient refusé de retirer – de travers sur leurs têtes. Quelques personnes allaient des uns aux autres, apportant leur réconfort. Parmi elles, j'ai reconnu le curé de l'église Saint-Michel.

Quitte à patauger dans la boue, les gens refusaient de partir. C'est ça aussi, un incendie : le plus palpitant des spectacles, un film d'horreur dont chacun peut s'imaginer être le héros. Et derrière la compassion pour les victimes se cache parfois un honteux bonheur.

Jocelyn est venu nous embrasser, Martin et moi. Le binôme de Philippe était l'un de ceux qui nous avaient entraînés. Nul doute que lui m'aurait prise dans son fourgon. Je n'ai pu m'empêcher d'en vouloir à mon parrain de me l'avoir refusé.

Puis c'était aux gendarmes d'entrer dans la danse. Ils interrogeaient les villageois, à la recherche d'éventuels témoins, tandis que le capitaine organisait une réunion à l'Auberge avec le patron-cuisinier vêtu de blanc, auquel ne manquait que la toque sur sa tête. Philippe était là lui aussi, menton haut, visage creusé, et je n'ai pu m'empêcher de le trouver beau. Plus tard, il nous apprendrait que par chance l'un des garçons avait repéré une flammèche alors qu'il servait le foie gras aux truffes. Il avait crié « Au feu » et, grâce à lui, mis à part un homme d'une cinquantaine d'années, victime d'un arrêt du cœur, aucun mort n'était à déplorer, seulement quelques brûlés légers.

Mais, sur les visages des militaires, on pouvait lire un même désarroi, une même interrogation.

Lorsqu'un an auparavant, également lors d'un mariage à l'Auberge, un incendie s'était déclaré, les enquêteurs avaient conclu qu'il s'agissait d'un court-circuit. Quand, il y a quelques mois, également lors d'un repas de noces, le feu avait pris dans un restaurant de Domfront, un malaise s'était installé : deux sinistres la même année, tous deux à l'occasion d'un mariage, bizarre, non ? Mais là non plus aucune preuve n'avait été trouvée qui aurait indiqué un acte de malveillance. Aussi avait-on conclu à une malheureuse coïncidence.

Aujourd'hui, avec ce troisième incendie, le doute n'était plus permis. C'était bien une main criminelle qui sévissait. Qui ? Pour quel motif ? Mû par quelle folie ? Mon cœur s'est serré : et s'il s'agissait de quelqu'un du village ?

Une main s'est posée sur mon épaule.

– Alors ? a demandé Stan.

– 4 –

Stan, Stanislas, 24 ans, 1,90 mètre, brun, collier de barbe, yeux châtains, une fossette au creux du menton qui s'élargit quand il sourit : craquant. Il suit des cours de photographie à La Ferté-Macé mais sa véritable passion est le « profilage » et il n'existe pas d'école pour cette matière.

Le profileur étudie la personnalité de quelqu'un à partir de son attitude, son passé, sa sociabilité et sa façon de réagir en diverses circonstances. C'est un don mais aussi de l'empathie et de l'instinct. Celui qui veut en faire son métier doit étudier la psychologie et les sciences du comportement. Il arrive que la police fasse appel à ses compétences pour établir le profil d'un criminel dans le cadre d'une enquête. On le nomme alors « criminologue ». Ils sont rares et très demandés, leur salaire est élevé.

Stanislas y avait ajouté une licence de « morphopsychologie » : l'analyse des traits du visage pour établir le profil d'un individu. Front, nez, lèvres et bien sûr le regard. Nous sommes tous un peu morphopsychologues sans le savoir. Des lèvres charnues évoqueront pour nous la gourmandise, la volupté.

Tandis que des lèvres pincées nous parleront de mesquinerie, voire de repli sur soi. Et les yeux qui, si l'on sait y lire, nous révèlent tant d'une personne ! N'essayez pas de mentir à Stan, il vous confondra.

Ses parents vivant à Rouen, il squatte l'appart d'une vieille tante écolo, paraît-il allergique aux hommes et férue de comptabilité – tous les goûts sont dans la nature. Il affirme qu'ils s'entendent à merveille, je brûle de la connaître.

Nous nous sommes rencontrés un dimanche au marché des fruits et légumes de Montsecret. Il faisait sauter un melon dans sa main et m'avait demandé très sérieusement s'il était vrai que les melons étaient sexués et les femelles plus goûteuses que les mâles. J'avais confirmé et l'avais aidé à choisir le sien. Puis je n'avais pu résister à la tentation de toucher du doigt la fossette sur son menton. Il avait fait un bond en arrière : « Tu veux me faire accuser de détournement de mineure ? » J'avais répondu « oui » et nous étions devenus amis.

– Alors ? m'a-t-il demandé. Que raconte Miss Céladon ?

Il a pioché ça dans la couleur de mes yeux : vert-bleu pâle, la couleur de la fleur de pêcher, selon lui inimitable. Ça me va. J'ai désigné la tente noircie, le saccage sur le sol, les demoiselles d'honneur déshonorées.

– Alors, l'incendiaire a remis ça ! Tu as pris des photos ?

Il a appuyé la main sur son appareil : « Plein de photos pour ton album. » Puis il s'est tourné vers Martin : « Tu permets que je t'enlève Lou ? » Et, dans les yeux de mon cousin, la jalousie a flambé. Il faudrait que je me fasse pardonner.

En plus de l'Auberge, il y a trois cafés à Montsecret : pas mal pour moins de deux cents âmes, sans compter les enfants. Celui-là s'appelait Au bon coin, la salle était bondée et le boucan si fort qu'on aurait pu croire que le feu s'y était propagé. Nous nous sommes précipités sur une table qui venait de se libérer près de la vitrine.

– Et ton casque, tu l'as oublié ?

– Philippe m'a interdit de le suivre.

– Ton cher parrain ? Et pourquoi ça ?

– On venait de se mettre à table à la maison. Je suppose qu'il n'a pas voulu laisser maman toute seule en face du festin qu'elle avait préparé pour lui.

– Ça peut se comprendre.

Bien sûr, Stan connaissait Philippe. Celui-ci lui avait même proposé de l'embaucher comme profileur volontaire à la caserne. Ce à quoi il avait répondu : « Dès que j'aurai fait mes preuves. »

Le patron s'est approché. Nous avons commandé deux limonades-citron. J'avais la bouche comme du carton. Stan a sorti sa tablette de sa poche, il y a pianoté avant de la pousser vers moi.

– Admire.

Des messages s'affichaient, certains accompagnés de vidéos. « Noces barbares », « À qui profite le crime ? » « Fou de jalousie ». Des noms étaient cités. J'ai refermé la tablette d'un coup sec. Je ne supporte pas les fake news et Stan encore moins que moi. Il traite leurs auteurs de lâches et d'impuissants.

– Et ce n'est qu'un début, a-t-il soupiré. La seule façon de leur clouer le bec : trouver le coupable. J'ai décidé de m'y employer.

– Toi ? Mais comment ?

Il a retrouvé son humour.

– Oublierais-tu mon fameux instinct ? Et, pour une fois, mes photos pourront m'être utiles, j'ai balayé toute la scène du crime. Qui sait si le coupable ne s'y trouvait pas.

Le garçon revenait. Il a posé sur la table les bouteilles de limonade, des pailles et un grand bol de chips. J'ai rempli mon verre, Stan a planté directement sa paille dans la bouteille et il a aspiré une grande gorgée. Aussi assoiffé que moi ? Et, pour les chips, non merci !

– Tu penses à quelqu'un d'ici ? lui ai-je demandé.

– Possible.

– Mais pourquoi s'attaquer à des mariages ?

– Quand on le saura, on aura réglé une grande partie du problème.

Un toc-toc à la vitrine nous a interrompus : Philippe. Il a fait un geste large et, trois minutes plus tard, il entrait dans la salle. Même s'il ne portait plus sa tenue, de nombreux regards l'ont suivi tandis qu'il venait vers nous et prenait place à notre table. Je n'ai pu m'empêcher d'être fière.

– Salut, les comploteurs ! Ma Filou, je te cherchais. J'avais peur que tu ne m'en veuilles.

– Évidemment que je t'en veux ! Ça sert à quoi, le brevet, si tu refuses de m'emmener avec toi ?

Il a posé sa main sur la mienne.

– Ta mère s'était donné tant de mal pour me recevoir.

– De toute façon, le repas était gâché.

Le garçon arrivait déjà, les joues roses de timidité. Philippe a commandé un café. Quelques personnes brandissaient leurs portables dans notre direction. J'ai pensé aux fake news.

– Stan a décidé de se lancer à la recherche de l'incendiaire, ai-je lancé. Il pense qu'il pourrait être du village.

– Pourquoi pas ? a approuvé Philippe. (Et à Stan :) J'espère que vous me tiendrez au courant de vos résultats.

– Et moi, je compte sur vos conseils.

Philippe a levé sa tasse de café :

– Ça marche.

Nous y avons heurté nos verres.

– Tremble, Carcasse ! a lancé Stan.

Il y a eu des applaudissements.

– 5 –

« Octobre emmitouflé, décembre ensoleillé », assuraient nos ancêtres paysans. Alors vite qu'on passe à novembre, même si, avec la Toussaint, ce sera loin d'être la joie. Un brouillard épais noie le paysage où guettent des corbeaux criards à la recherche de proies. Dans la forêt, la brume enveloppe les arbres de ses festons et le pied s'enfonce dans une bouillasse de feuilles mortes. Finies, les promenades. Et voilà que la grippe s'en mêle. Le docteur Grégoire Morel est débordé.

Il est temps que je parle de lui.

À Noël dernier, Philippe, ainsi que quelques amis de Montsecret, considérant que c'était au tour de maman d'être chouchoutée, lui avaient offert un week-end dans un spa de Bagnoles-de-l'Orne : bains, massages, relaxation, chambre et repas 4 étoiles. Bingo : elle y avait rencontré le second homme de sa vie, le premier étant Louis, auteur de mes jours et de mon prénom.

Grégoire opérait en tant que médecin généraliste dans le spa où résidait maman. La soixantaine, belle prestance, yeux couleur de l'espérance, visage encore jeune sous les cheveux blancs. Ils étaient tombés tout naturellement dans les bras l'un de l'autre, preuve qu'il n'y a pas d'âge pour contracter la fameuse maladie d'amour. Et, après trois années de veuvage pour l'une et trois de séparation pour l'autre, difficile de parler de trahison.

Depuis, dès que Grégoire a une soirée libre et pratiquement tous les week-ends, il débarque dans sa Mercedes XXL. Au début, craignant notre réaction à Elsa et à moi, maman parlait d'un grand et précieux ami et, lorsqu'il passait la nuit à la maison, elle prétendait qu'il occupait une autre chambre que la sienne, ce à quoi je faisais semblant de croire. C'était sans compter Elsa qui, nourrissant des doutes, s'y installa un soir alors que tous la croyaient endormie. Les cris de maman tandis que, suivie par le « précieux ami », tous deux en petite tenue se glissaient sous la couette où elle s'était cachée, mirent fin à la comédie.

À Montsecret, on n'a pas tardé à apprendre que la belle Hélène avait trouvé un consolateur. Les mauvaises langues la bouclent : que l'infirmière, si attentive à la santé des villageois, fréquente un ponte de Bagnoles-de-l'Orne, que du bonus ! Ils envisagent de se marier. Pour l'instant, je n'ai pas donné mon autorisation, tout en étant obligée de reconnaître que Grégoire ne manque pas de qualités dont l'une, peu en vogue aujourd'hui : la bienveillance, un sourire qui donne envie de se confier à lui, assuré qu'il ne vous jugera pas.

À part ça, rien de nouveau sous le ciel de Montsecret. Les gendarmes cherchent toujours l'incendiaire. Stan se fait rare. Pourtant, sur sa moto, en trente minutes à peine, il est ici. A-t-il progressé dans ses recherches ? Stan qui s'amuse à me fredonner à l'oreille des « auprès de ma rousse, qu'il fait bon dormir », alors que, pauvre de moi, je ne rêve qu'à ça. Et surtout à ce qui préludera le sommeil…

Rien de neuf non plus au lycée où je suis la première en français et la dernière en discipline. Martin, lui, premier en discipline, limaçon dans tout le reste. Il s'en fout. Il vient de réussir son permis de conduire et la seule chose qui le branche, c'est son boulot de sapeur-pompier. Il vit scotché à son bip même si, pour l'instant, nous n'avons été appelés que pour du peu grisant : le col de fémur cassé d'une mamie, un gamin éjecté de sa trottinette, un carambolage sans gravité. Et bien sûr, nous n'intervenons jamais seuls. Jocelyn ou un autre nous accompagne. Parfois, on voudrait bien avoir des nouvelles de celui ou celle dont on s'est occupé, on les a quand même un peu sauvés, non ? Mais, la plupart du temps, no news.

Pour en terminer avec Grégoire : dimanche dernier, il m'a enlevée dans son carrosse et invitée à goûter dans la meilleure pâtisserie de Bagnoles-de-l'Orne. Il a fallu du temps avant qu'il ne dévoile son jeu.

– Tu sais, Lou, tu es une drôle de fille mais je t'aime beaucoup.

J'ai pointé mon gâteau au chocolat fondant.

– Avec ou sans crème fouettée ?

Nulle !

– 6 –

9 heures du soir, je m'apprête à aller au lit avec un livre quand mon bip se manifeste : un blessé sur une route nationale. Tant pis pour la lecture, en trois minutes, je suis en tenue, en cinq sur mon vélo, roulant vers Domfront, le centre de secours. Nuit noire, vent glacé.

Martin est déjà là, Jocelyn nous embarque dans le camion-pompe. « C'est pas cool de m'avoir taxé mon feuilleton », feint de râler mon cousin, entraînant le rire de notre caporal.

Le rond-point où s'est produite la collision est éclairé par des lampadaires. Debout près de sa voiture, l'homme qui a formé le 18 agite les bras, non loin, la victime est étendue sur le sol. « À toi, Lou », m'ordonne Jocelyn en la désignant. Et à Martin : « Toi, la circulation. »

Mon cœur bat plus fort tandis que, munie de la trousse de secours, je m'agenouille près du blessé, me penche sur lui. Quel âge ? Quarante, cinquante ?

– Monsieur, vous m'entendez ?

Il remue faiblement la tête. À la lumière du lampadaire, je peux voir suinter un peu de sang près de l'arcade sourcilière.

Je sors le nécessaire de ma trousse, écarte les cheveux gris et, alors que je passe, le plus doucement possible, le coton imbibé d'alcool sur la plaie, il a un sursaut.

– N'ayez pas peur, c'est déjà terminé.

Les bottes de Jocelyn apparaissent soudain dans mon champ de vision, je l'avais oublié.

– Ça va, Lou ?

– Ça va.

– L'ambulance arrive.

– Okay.

Il s'éloigne, rejoint Martin plus loin. Comme j'applique le pansement, le blessé ouvre les yeux. J'y lis la peur. Sa main agrippe mon poignet, ses lèvres tremblent sans qu'aucun son sorte. J'ignore pourquoi : pour me rapprocher de lui, lui dire qu'il compte pour moi ? Je m'entends demander : « Comment vous appelez-vous ? » Et il répond, il bafouille : « Henri. » Ma main effleure sa joue : « Je suis là, Henri. »

Et voilà l'ambulance dans un festival bleu et rouge. Un homme et une femme en sautent, la femme porte la civière, ils s'approchent. C'est alors qu'Henri, tout son être tendu vers moi, laisse échapper un cri : « MAMAN. »

Je reste paralysée. « Écartez-vous, s'il vous plaît. » La femme détache les doigts toujours agrippés à mon poignet, le blessé est soulevé, placé sur la civière, je suis, il a repris ma main. Comme il la serre ! Comme il me regarde ! Ses lèvres remuent imperceptiblement : « Maman ? » On le hisse dans le véhicule, la femme monte derrière lui, l'homme reprend le volant, déjà ils sont loin. Est-ce moi qui claque des dents ?

– C'est bien, Lou, tu as fait ce qu'il fallait, approuve Jocelyn.

Martin est avec lui, l'air satisfait : notre première véritable intervention, où on nous a laissés agir. Il a dû être soulagé d'être affecté à la circulation : lui et le sang… Tandis que nous nous dirigeons vers le fourgon, je regarde, sur l'herbe froissée, voleter un morceau de ruban jaune. Demain, quand le soleil se lèvera, tout aura disparu, personne ne se doutera de ce qui s'est passé ici, c'est la vie, c'est la mort. Je grelotte : « Maman. » Du calme, Lou, tout le monde sait que lorsqu'un homme voit venir la Faucheuse, il appelle sa mère, celle qui lui a donné la vie en espérant qu'elle le protégera.

De retour à Domfront, nous récupérons nos vélos. J'attrape la manche de mon cousin : « Martin, écoute, il s'appelait Henri. » Pourquoi en ai-je parlé au passé ? Il n'est pas mort que je sache. Martin m'a-t-il entendue ? Il pique un baiser sur ma joue, « À plus », il est déjà loin. Avec un peu de chance, son feuilleton ne sera pas terminé, il pourra en voir un bout.

Je remonte sur mon vélo. Mes jambes flageolent : la vraie chiffe molle ! Du cran, Lou, allez, bouge-toi ! Mais d'où vient ce carrosse qui s'arrête à ma hauteur ? La portière s'ouvre : Grégoire. J'avais oublié qu'il dormait à la maison. Sans un mot, il s'empare de ma bécane et la glisse dans son coffre. Puis c'est mon sac qu'il balance sur la banquette arrière. D'un doigt autoritaire, il me désigne « la place du mort » et s'installe au volant. Qu'est-ce qu'il attend pour attacher sa ceinture ? Démarrer ? Il se tourne vers moi et, avec une infinie douceur, il me retire mon casque et m'ouvre ses bras. J'y tombe. Je peux enfin me permettre de pleurer.

Quelques jours plus tard, nous apprendrons qu'Henri Mathieu, ingénieur agronome, avait été renversé par un véhicule non identifié alors qu'il faisait son jogging non loin de son domicile. Le chauffard avait pris la fuite. La voiture suivante s'était arrêtée et le conducteur avait formé le 18. Il existe des gens responsables.

Grâce à maman qui connaît tout le monde à l'hôpital de Vire où il avait été admis, je saurai qu'il s'en est tiré avec une fracture du genou et quelques points de suture à l'arcade sourcilière. Je ne le reverrai jamais.

– 7 –

Enfin des nouvelles de Stan, je commençais à m'inquiéter. Monsieur a passé les vacances de la Toussaint chez ses parents à Rouen – il aurait pu m'emmener avec lui ! Ça ne l'a pas empêché de travailler et, dès son retour il m'a invitée au bistro pour me parler du résultat de ses recherches. Je ne lui ai rien dit d'Henri : je commence seulement à avoir moins froid. Les gendarmes, m'a-t-il raconté, s'intéressent à ses photos. Il les leur a transmises afin qu'ils puissent chercher si une même personne ne s'y trouvait pas lors des divers incendies. De son côté, il a réussi – de façon pas très catholique, m'a-t-il avoué – à se procurer les procès-verbaux des deux premiers sinistres et y a trouvé des similitudes troublantes, la principale étant, bien entendu, que les feux ont tous eu lieu lors d'un repas de noces. Autre similitude, chacun d'entre eux a pris à retardement, ce qui signifie que le coupable avait prémédité son coup, fait en sorte que le feu se déclenche exactement au moment choisi par lui.

– Mais comment est-ce possible ?

– On ne t'a pas appris ça dans ton école ? Les enquêteurs ont trouvé près de la tente les restes d'une grosse éponge imbibée d'essence. Une ancienne recette connue de tous. Tu plantes dedans une bougie allumée, selon la taille choisie, elle sera consumée entre une et deux heures plus tard et la flamme se communiquera alors au frichti que tu auras préparé dessous. En l'occurrence un joli petit chemin de paille qui a conduit le feu jusqu'à la tente et au plancher, eux aussi prêts à s'enflammer.

J'en suis restée bouche bée : un jeu d'enfant ! Stan m'a détrompée.

– C'est loin d'être à la portée de tous, ça demande une longue et minutieuse préparation. Et notre loustic connaît le feu.

« Notre loustic »... Quelqu'un d'ici ?

– Enfin, dernière similitude, peut-être la plus troublante, nous avons à faire à un philanthrope ! Trois incendies et seulement deux victimes, plus quelques brûlés, la plupart légers. Comme si l'incendiaire avait tenu à épargner les vies, laisser aux pompiers le temps d'arriver.

– Mais c'est absurde !

– Totalement. Et ça nous ramène à la grande question : « Pourquoi ? »

Afin de tenter d'y répondre, Stan a décidé d'étudier lui aussi les photos prises le jour fatal. Vu leur nombre, un immense travail. Parfois, il accepte mon aide. Il vient me chercher au lycée et m'emmène à son école où se trouve tout le matériel nécessaire. Là, c'est le morphopsychologue qui œuvre en agrandissant au maximum chaque visage et y cherchant des indices : une crispation, un rictus, une lueur mauvaise ou un trop grand plaisir. Le souci étant que la fascination est monnaie courante lors des incendies.

Même chez les pompiers. Voir Martin...

Il espère aussi découvrir un détail qui, revenant les trois fois, lui donnera la clé de l'énigme. Bien sûr, Philippe est au courant de ses recherches et de ses avancées : le seul. Imaginez que le bruit en revienne aux oreilles du coupable ?

Convaincue à présent que celui-ci est forcément du village ou des environs, lorsqu'il me confie des photos à la fois j'espère et je redoute d'y découvrir une connaissance. Je revois les visages effarés, incrédules, des gens interviewés à la télé après l'arrestation d'un criminel vivant près de chez eux. Je les entends : « Jamais on ne se serait douté ! »... « Un homme si gentil... » « Un monsieur Tout-le-monde. » Ça me donne la chair de poule. « Ma rousse est trop sensible », chantonne Stan.

Il arrive à « sa rousse » de se demander si le spécialiste n'a pas deviné les sentiments que je lui porte, même si je fais tout pour les lui cacher de peur qu'il ne m'écarte. Dur dur ! À 16 ans, on a un corps de femme et le mien ne cesse de réclamer. « Le » réclamer. Lorsque côte à côte, presque joue à joue, sa fossette à portée de mes lèvres, nous travaillons sur un cliché, ça tient du supplice.

Un peu de baume sur mon pauvre cœur : à moins que je ne me trompe, Stan n'a pas de petite amie. S'il en avait une à son école, il me semble que je le sentirais et il serait moins disponible. S'il en a laissé une à Rouen, elle n'a pas l'air de trop lui manquer.

Parfois, je trouve ça lourd. Je voudrais bien pouvoir me confier à quelqu'un. Allez, Lou, ne tourne pas autour du pot, pas à n'importe qui, à Grégoire bien sûr ! Depuis qu'il est venu me chercher lors de l'« intervention Henri », quelque chose s'est noué entre nous. De fort. Et quand je pense qu'il n'a rien dit à maman de mon burn-out dans ses bras, comment douter de sa discrétion ?

Et puis, qui mieux qu'un médecin, de plus généraliste, est apte à lire dans le cœur des hommes ? « Mot générique embrassant la femme », selon mon cher vieux *Larousse*. Vite, lui parler de Stan.

– 8 –

Coup de tonnerre sur Montsecret : un homme a été arrêté, soupçonné d'avoir provoqué les trois incendies. Il est en garde à vue.

Cet homme, tout le monde le connaît, c'est Pierrot Gandin. Il a 28 ans, un grand et beau garçon, hélas affligé d'un grain. Pas un gros, un petit, qui se manifeste par des sourires béats, à moins que ce ne soit de brusques accès de larmes qu'il essuie avec le mouchoir à carreaux que sa mère ne manque jamais de glisser dans sa poche lorsqu'il sort. Il lui arrive aussi, mais plus rarement, de pousser des cris de rage, ou plutôt de désespoir, qu'on entend retentir jusqu'au bout du village. Et là, tous savent ce qu'il faut faire : lui parler tout doucement, sans le regarder dans les yeux, comme les chiens qui y voient une attaque, puis le ramener à Pierrette, sa mère, qui réglera le problème en lui fredonnant à l'oreille ces mystérieux couplets que l'on trouve dans les anciens contes du pays. Le père de Pierrot ? Quand il a compris que son gamin ne serait jamais comme les autres, il a pris la poudre d'escampette. C'est rarement la mère qui se dérobe.

Pourtant, Pierrot peut être fier de lui. Il exerce à la perfection son métier de rempailleur de chaises. Et pas n'importe quel rempailleur : un artiste qui saura vous trouver la paille et la couleur qui conviennent à votre antiquité. Et pour le même prix, il vous en consolidera le bois, c'est sa passion. Bien sûr, ça s'est su et on vient depuis Bagnoles faire appel à ses services. C'est sa mère qui tient la caisse sinon il travaillerait gratis.

Mais alors, pourquoi a-t-il été arrêté ?

Il paraît qu'on a retrouvé de sa paille sur les lieux du dernier incendie. Un chemin de paille qui allait jusqu'à la tente de l'Auberge. Sa mère a crié que, de la paille, il n'y avait que ça à la ferme et que son garçon en avait toujours plein les poches. Et jamais, au grand jamais, il ne se serait amusé à gâcher un mariage. Le souci, c'est que les mariages, nul n'ignore qu'ils intéressent un peu trop Pierrot.

Depuis des années, il rêve de rencontrer une fille qui voudra bien de lui. Seulement, à Montsecret comme à Clairefougère, toutes savent qu'il est dérangé et se tiennent à l'écart. Alors, il est allé chercher plus loin et, avant de comprendre, certaines ont été tentées : il a de si belles mains, qui travaillent si bien, une réputation, des sous à ce qu'il paraît ! Mais très vite, les filles ont déchanté et parfois ça s'est mal terminé. Il y a même un père qui s'en est pris à la Pierrette, affolé à l'idée que sa fille aurait pu être engrossée par Pierrot, ignorant qu'il l'avait respectée. Pour lui, la robe blanche a un sens, contrairement aux autres : les « normaux ».

Et, lors du dernier mariage, on l'avait vu partout : à l'église, à la sortie de la messe. Il avait même essayé d'entrer sous la tente alors qu'il n'était pas invité. De là à croire à une vengeance. Enfin, la façon dont il a reçu les gendarmes venus le chercher à la ferme, ses hurlements, ses coups de pied aux forces de l'ordre, n'ont pas arrangé ses affaires.

Et bien sûr, attirés par l'odeur du sang, les journalistes sont accourus, on a même reconnu un reporter d'une grande chaîne de télévision : « Crime à Montsecret », ça sonne bien.

Le village est coupé en deux. Derrière Pierrette qui ne cesse de pleurer, ceux qui croient en l'innocence de son fils, des amis, des clients. Plus deux alliés de poids : Philippe et Stan. Pas une seule seconde, ils n'ont cru à sa culpabilité. L'incendiaire avait minutieusement préparé son coup et la patience n'est pas, loin de là, la qualité première de Pierrot, sauf dans son travail. Pour qu'un feu à retardement fonctionne, il faut se montrer d'une parfaite précision, ce dont il est incapable. Et s'il avait eu quoi que ce soit à se reprocher, aurait-il chanté si fort à la messe ?

Avec Stan, Philippe est allé trouver Pierrette et ils lui ont promis de faire le maximum pour qu'il soit vite libéré. Philippe l'a mise en contact avec un avocat, un bon, elle a de quoi.

Et tout ça n'empêche pas Noël de se préparer. C'est le garde forestier, mon parrain, qui est allé choisir le sapin à la pépinière et l'a dressé dans le salon. Comme chaque année, il viendra avec Martin passer le réveillon avec nous. Si seulement Pierrot pouvait être libéré avant.

– 9 –

Ce samedi 4 décembre, à l'occasion de la Sainte-Barbe, patronne et protectrice des pompiers, sainte et martyre, brûlée au fer rouge par son père pour son refus de se marier et sa conversion au christianisme, Philippe a reçu des mains du sous-préfet de Bagnoles-de-l'Orne la médaille d'honneur pour actes de courage et de dévouement. « Un meneur d'hommes », a conclu le haut fonctionnaire.

La cérémonie avait lieu à l'hôtel de ville de Bagnoles-de-l'Orne dans un somptueux château entouré d'un grand parc, un salon grandiose aux boiseries dorées. Bien sûr, Martin exultait. Et quand il m'a glissé en déployant ses épaules : « À quand les meneuses de femmes ? », je n'ai pas voulu gâcher son plaisir en lui répondant que nous, on menait aussi les hommes. Et à la baguette.

L'hommage terminé sous les applaudissements, un gueuleton a suivi dans une dépendance du château où se sont retrouvés familles et amis. Maman, assise à la droite du héros – sa belle médaille suspendue sur sa poitrine –, était radieuse, l'ambiance détendue et chaleureuse. Soudain une idée m'est venue : et si je tentais de réconcilier Philippe avec Axelle, sa fille aînée ? Axelle qui vit dans la ville où nous nous trouvions et travaille dans l'un des nombreux spas. Spécialiste du bien-être, relaxation, massages et tout et tout.

Elle avait claqué la porte au nez de son père peu après la mort de sa mère, Aurore, reprochant à celui-ci de n'être pas arrivé à temps pour la sauver de l'incendie qui avait ravagé leur maison. Reproche injustifié puisque Philippe se trouvait sur les lieux d'un autre incendie. Il se disait qu'Axelle était très attachée à sa mère et qu'il y avait eu, après le drame, une scène effroyable entre elle et son père, que des mots impardonnables avaient été prononcés, qu'ils étaient aussi orgueilleux l'un que l'autre, qu'Axelle était froide et distante… Il se disait n'importe quoi.

Et si j'allais la trouver à son spa ? Si je parvenais à la persuader de faire le premier pas vers une réconciliation ? Et pourquoi ne viendrait-elle pas chez nous partager le réveillon de Noël où Philippe était invité chaque année ? Quel plus beau cadeau pourrais-je offrir à celui-ci ?

Les festivités terminées, dès mon retour à la maison, je suis allée droit au pêle-mêle de photos sur la cheminée du salon et j'ai cherché celle où Axelle figurait. Je me souvenais d'une jeune fille bien plantée aux longs cheveux bruns, décidée, volontaire, ce qui n'était pas pour me déplaire. Elle suivait une formation d'esthéticienne qui l'avait conduite à son travail d'aujourd'hui.

J'ai trouvé la photo non sans mal tout en bas du pêle-mêle. On y voyait Axelle debout à côté de son petit frère Martin, déjà rondelet, fixant l'objectif avec défi, genre « Vous ne m'aurez pas ! ». Je l'ai détachée et je suis allée frapper à la porte de maman qui se changeait dans sa chambre.

Assise en peignoir au bord de son lit, elle déroulait son collant. J'ai brandi la photo.

– J'ai décidé d'aller voir Axelle à Bagnoles et de la réconcilier avec Philippe.

– Oh, ma chérie, surtout ne fais pas ça ! s'est écriée maman.

– Mais pourquoi ? ai-je demandé, stupéfaite par sa réaction.

– Tu risques de rouvrir une blessure inguérissable.

Sa voix s'est cassée. Elle a tapoté le lit pour que je vienne m'asseoir près d'elle. Elle sentait bon l'œillet, son parfum préféré. Elle s'est penchée sur la photo que je tenais toujours dans ma main.

– Crois-moi, Lou. S'ils avaient eu envie de se revoir, ils ne seraient pas restés trois ans dans ce silence, a-t-elle constaté d'une voix sourde.

– Mais justement ! S'ils attendaient qu'on leur donne l'occasion de le rompre ?

Maman s'est tue quelques secondes, le regard au loin.

– Il y a autre chose.

Elle croisait et décroisait nerveusement les doigts. Jamais encore je ne l'avais vue dans un tel état. Pourvu qu'elle me dise tout. Parfois, elle a trop tendance à vouloir nous protéger, Elsa et moi.

– Aurore, la femme de ton parrain, « la belle dame » comme beaucoup l'appelaient ici, avait eu une brève aventure : un musicien qui aidait les enfants de l'école primaire du village à jouer avec leur voix, explorer les divers instruments, affiner leur écoute. Même si elle avait rompu dès qu'une « bonne âme » en avait averti Philippe, cela avait été une terrible épreuve pour lui, tu sais pourquoi.

J'ai fermé les yeux. Oh oui, je savais. Le sujet super hyper tabou. Le père de papa et de Philippe s'était donné la mort quand sa femme lui avait annoncé qu'elle allait le quitter pour un autre. Les garçons avaient 7 et 5 ans, leurs grands-parents avaient pris le relais mais, si Louis semblait s'en être remis, Philippe, lui, ne l'avait jamais accepté. On ne l'avait plus jamais entendu prononcer le nom de ses parents. Mon Dieu, je n'osais imaginer sa réaction quand il avait appris qu'Aurore le trompait !

Maman a pris ma main.

– Pardonne moi de t'avoir rappelé de si sombres souvenirs. Quant à Axelle, veux-tu que je parle de ton idée à Grégoire ? Comme tu le sais, nous n'avons pas de secrets l'un pour l'autre et lui-même travaille dans un spa. Qui sait s'il n'a pas entendu parler d'elle ? Il nous donnera son avis.

– Pourquoi pas ? ai-je répondu. Mais, surtout, pas un mot à Elsa.

Bien capable de crier sur les toits ma « merveilleuse idée ». Je me suis levée.

– Embrasse-moi, a dit maman.

– 10 –

Mon brillant projet de réconcilier le père et la fille était donc à l'eau ? L'eau du spa de Bagnoles-de-l'Orne ? « Une brûlure inguérissable », avait dit maman ; « Des mots impardonnables », chuchotait la rumeur. Malgré tout, pensant à Axelle, une partie de moi se rebellait : « Trois années de silence », avait dit maman. En trois ans, les blessures les plus vives s'apaisent, les mots impardonnables perdent de leur force. Et nul ne me ferait croire qu'Axelle, seule dans sa station thermale, coupée de ses racines, loin de son petit frère, de nous, n'en souffrait pas. Quant à Philippe, si bon et généreux, « l'homme de devoir » dont avait parlé le sous-préfet en lui remettant sa médaille, refuserait-il la main tendue de sa fille si je parvenais à la convaincre de le revoir ? D'accord, je suis têtue, on me le reproche souvent. Mais là, ce serait pour la bonne cause !

– Miss Céladon me cacherait-elle quelque chose ? m'a demandé Stan, le grand spécialiste de la lecture sur les visages, ce mercredi après-midi où nous planchions une fois de plus sur les photos du dernier incendie.

– C'est Philippe.

– Quoi, Philippe ?

– À l'eau, mon projet de le réconcilier avec Axelle.

– Axelle ?

– Sa fille aînée.

Philippe une fille ? Stan l'ignorait et il est passé de la surprise à l'irritation : où était l'amitié ? Comment se faisait-il que nous ne lui en avions parlé ni l'un ni l'autre ?

J'ai tenté de lui expliquer que l'amitié n'avait rien à voir dans l'histoire. Axelle faisait tout simplement partie des nombreux sujets tabous que cultivait la famille. Comme Aurore, la femme de Philippe. Comme Philippe et ses galères. Pour me faire pardonner, je lui ai raconté ce que maman m'avait révélé hier et que j'ignorais moi aussi : l'infidélité d'Aurore à son mari. J'ai regretté de n'avoir aucune photo de « la belle dame » à lui montrer.

Il a fini par se calmer. Il a même daigné sourire quand je lui ai parlé de son sujet tabou à lui : sa vieille tante écolo chez qui il logeait et qu'il ne m'avait toujours pas présentée.

– Bientôt, m'a-t-il promis.

Avec tout ça, nous avions complètement oublié les photos. Il les a rangées : ce serait pour une autre fois.

Tout en partageant un verre d'eau, il a admis que mon idée de rencontrer Axelle n'était pas si mauvaise : une dernière chance offerte au père et à la fille de rompre le silence. Ça marcherait ou non. Sinon, je pourrais me consoler en me disant que j'aurais tout tenté.

– Et si ta mère changeait d'avis, sache que je suis prêt à t'accompagner à Bagnoles. J'avoue être curieux de rencontrer la fille prodigue.

Maman changer d'avis ? Je n'y croyais pas une seconde. Ce serait trop beau.

C'est pourtant ce qui s'est produit.

Comme promis, elle avait tout raconté à Grégoire qui avait pris l'affaire très au sérieux et lui avait proposé de se renseigner sur Axelle. Ne travaillait-elle pas comme lui dans un spa de Bagnoles ? Ça lui faciliterait la tâche. Bien sûr, maman avait accepté en lui recommandant de prendre toutes les précautions afin qu'Axelle ne se doute de rien. Trois jours plus tard, il revenait avec le résultat de son enquête.

Il avait eu du mal à la trouver, celle-ci ayant changé de nom, portant celui d'un avocat qu'elle avait épousé : Andrieu. Avocat dont elle avait eu une fille, aujourd'hui âgée de deux ans.

Axelle mariée ? Mère d'une petite fille ? Philippe grand-père sans le savoir ? Une telle aberration était-elle possible ? Maman et moi en avons été aussi bouleversées l'une que l'autre.

À part ça, tous ceux que Grégoire avait interrogés ne lui avaient dit que du bien d'Axelle, une femme compétente, très appréciée par ses patientes. Une personne de cœur. Enfin, par un ami d'ami, il était parvenu à se procurer son adresse personnelle et le numéro de son portable : rien que ça.

C'est certainement la petite-fille inconnue de son grand-père qui a conduit maman à changer d'avis. Je pourrais aller voir Axelle à la condition que si je rencontre la moindre résistance de sa part, je n'insiste pas.

Chose promise, chose accomplie.

– 11 –

Midi quarante-cinq. Dans la vaste cafétéria éclairée par une baie donnant sur le lac de Bagnoles-de-l'Orne, presque toutes les tables sont occupées. Devant le buffet, une longue file de personnes patientent, la plupart en blanc. Le bruit est assourdissant. Stan et moi nous sommes arrêtés à la porte.

– On a tout le temps, me rassure-t-il.

Après moult hésitations, nous avons décidé de tenter notre chance au spa d'Axelle à l'heure du déjeuner et sans l'avertir de peur qu'en entendant mon nom elle ne refuse de me rencontrer. N'ai-je pas promis à maman de ne pas insister ? Quant à aller sonner à la porte de son appartement, pas question : trop indiscret et une façon de s'imposer. J'ai insisté pour que Stan participe à l'aventure, je sais combien il apprécie Philippe. Si par bonheur ça marche du côté d'Axelle, il m'aidera de celui de son père.

Lentement, je parcours la salle des yeux et, pour la première fois, je doute. La jeune fille dont je serre la photo dans ma main est devenue femme, elle a eu un enfant, elle porte l'uniforme blanc. La reconnaîtrai-je ?

– Là-bas, souffle Stan à mon oreille.

Eh oui, c'est bien Axelle qu'il désigne, assise à une table près de la baie. Ses cheveux bruns sont rassemblés en chignon, en me haussant sur la pointe des pieds, je peux voir qu'elle lit, tout en se restaurant. Une chance, elle est seule à sa table.

Le cœur battant, je marche vers elle, suivie de Stan. À moi aussi, il m'arrive de lire en mangeant, associer deux plaisirs, trois si j'y ajoute de la musique.

Nous y sommes.

– Axelle ?

Elle relève la tête, semble hésiter. Et soudain son regard change, se durcit.

– Lou ? Qu'est-ce que tu fais là ?

Le tutoiement, associé à une voix glacée, me déstabilise. Allez, courage !

– Je suis venue te parler.

– Et de quoi ?

– De Philippe, ton père, mon parrain.

Seigneur, qu'ai-je dit ? Elle referme son livre d'un coup sec, se soulève de son siège, s'apprête à me planter là quand Stan l'arrête.

– Permettez-moi de me présenter : Stanislas Fleurieux, un ami de Lou. Heureux de faire votre connaissance.

Il lui tend la main avec un grand sourire. Axelle hésite, finit par la serrer, retombe sur son siège. Sans façon, Stan s'assoit en face d'elle. Quel culot ! Je l'imite sur le bord d'une chaise voisine. Dans l'assiette à demi pleine, du poisson, quelques légumes. Devant, un verre d'eau. Axelle le prend, avale une grosse gorgée, revient à moi.

– Alors ? Qu'as-tu à me dire ?

Je me lance. Combien de fois ai-je répété mes mots.

– Samedi dernier, à l'hôtel de ville, Philippe a reçu une médaille. J'ai pensé…

– Je sais, m'interrompt Axelle. *Le Journal de l'Orne* en a parlé. Et après la médaille ?

Toujours ce ton agressif. Je m'oblige à continuer : « Une dernière chance », a dit Stan.

– J'ai pensé que ce serait bien de vous revoir.

Son rire explose, un rire effroyable, de haine. Aux tables voisines, les conversations se sont interrompues, on nous regarde. Stan s'est figé.

– Lui as-tu demandé s'il était d'accord ? ironise Axelle.

– J'ai préféré commencer par toi.

– Mauvaise pioche : c'est à lui que tu aurais dû parler en premier, tu te serais économisé le voyage ! Le feu à la famille, c'est ton cher parrain qui l'a mis en premier.

« Ton cher parrain »… Sur ces mots, la voix d'Axelle n'a-t-elle pas fléchi ? N'y ai-je pas entendu comme une douleur ? Enfin, la « personne de cœur », dont a parlé Grégoire ? Je reprends espoir.

– Axelle, ça fait trois ans ! Ne crois-tu pas qu'il serait temps de passer l'éponge ?

C'est alors qu'elle le dit.

– Quelle éponge ? Celle à la bougie qui a mis le feu à la belle tente de mariage en octobre dernier ?

Je reste pétrifiée. Tranquillement, elle prend son verre, se lève, marche vers la porte, sort sans se retourner.

– 12 –

Combien de temps sommes-nous restés immobiles, silencieux, devant l'assiette abandonnée ? « L'éponge à la bougie »... Axelle était donc au courant, elle avait suivi l'affaire ? Pourquoi ? Comment ?

Stan a parlé le premier. Il a désigné le buffet devant lequel plus personne n'attendait. Sans que je m'en aperçoive, la salle s'était en grande partie vidée.

– Veux-tu prendre quelque chose, ma Lou ?

« Ma Lou », pas « ma rousse », on ne riait plus !

J'ai fait non. Un terrible sentiment de vide m'emplissait. Comme si, d'un coup, tous mes repères m'avaient lâchée. Plus rien à quoi me raccrocher. Je me suis tournée vers la baie. Le ciel était découvert, un pâle rayon de soleil apparaissait. Près du lac d'un bleu profond, presque noir, des curistes marchaient lentement, certains aux bras d'hommes ou de femmes en blanc. J'ai pris une grande inspiration et je suis revenue à Stan.

– Alors, qu'en pense le morpho-truc-machin ? ai-je tenté de plaisanter.

Il n'a pas ri.

– Axelle m'a semblé sincère. La haine ne l'aveuglait pas.

Axelle sincère ? Sa haine authentique ? Tout en moi s'est révolté.

En prononçant ces mots, d'une certaine façon, Stan lui donnait raison dans le rejet de son père. Comment pouvait-il ? Avant que j'aie pu protester, il a continué.

– Il va nous falloir chercher d'autres témoignages, suivre de nouvelles pistes. Pourquoi pas du côté du fameux incendie qui avait empêché Philippe de sauver sa femme ? N'est-ce pas là l'un des principaux reproches d'Axelle contre lui ?

– Mais à quoi ça servira ?

– À tenter d'expliquer la haine qu'elle lui voue. Juste une idée parmi d'autres.

Je me suis tue : « Une idée parmi d'autres »... la colère, le désarroi venaient de m'en dicter une bien meilleure, et surtout plus simple : interroger directement l'objet de cette haine : Philippe. Aller le voir, tout lui balancer de notre visite à sa fille. Ça gagnerait du temps et de la douleur. Et n'était-ce pas Axelle elle-même qui me l'avait soufflée ? « Mauvaise pioche, c'est à lui que tu aurais dû parler en premier. » Ce serait fait.

Je n'en ai rien dit à Stan. Je me passerais de lui.

– 13 –

– T'as quoi ? demande Elsa.

– Moi ? Mais j'ai rien, qu'est-ce que tu veux que j'aie ?

– T'as vu ta tête ?

Je la regarde, cette tête, ou plutôt ce visage, dans le miroir de la salle de bains : une vraie catastrophe, en effet. Ça m'apprendra à m'être maquillée pour la rencontre du siècle, avoir voulu jouer les grandes. Mascara, rose à joues, rouge à lèvres, mes larmes ont tout mélangé tandis que Stan me raccompagnait sur sa moto. Son blouson a dû en prendre un coup.

Et maintenant ?

17 heures, Grégoire est là, j'ai repéré sa voiture garée à l'endroit habituel. Bien sûr, il savait que c'était pour aujourd'hui alors il est venu aux nouvelles. Maman et lui m'ont forcément entendue rentrer, sinon on peut compter sur Elsa pour les en avertir. Tant pis ! J'ai bien droit à une petite pause avant de leur raconter l'échec de ma brillante idée. Et j'ai froid, si froid ! Même pas les bras de Stan pour me réchauffer. Même pas en rêve. Pour la première fois je lui en veux : excuser Axelle,

c'est bel et bien accuser Philippe. Mon pauvre parrain : comme s'il ne lui suffisait pas d'avoir perdu sa femme et sa fille !

J'ai passé un peu d'eau sur mon visage, rejoint ma chambre à pas de loup et me suis cachée sous ma couette.

Un coup de klaxon au loin m'a réveillée en sursaut. J'ai ouvert les yeux : 18 heures, mon Dieu ! J'ai jailli du lit, mis un peu d'ordre dans mes cheveux et mes vêtements et j'ai foncé au salon.

Grégoire et maman étaient assis côte à côte sur le canapé devant un plateau d'apéritif. Grégoire s'est levé.

– Ça va, Lou ? a demandé maman d'une voix inquiète.

Sans répondre, je les ai embrassés et j'ai pris place dans un fauteuil en face d'eux.

– Veux-tu boire quelque chose ? s'est enquis Grégoire.

J'ai pointé le doigt vers le verre de maman.

– La même chose, s'il te plaît : un kir.

Maman m'a regardée, étonnée : en dehors des fêtes, j'évite l'alcool. J'en vois trop autour de moi qui, chaque week-end, s'offrent des cuites monstres, soi-disant pour se libérer alors que c'est le contraire qui se produit, qu'ils deviennent vite accros à la défonce.

Grégoire m'a tendu mon verre. Maman se taisait. Inutile de compter sur eux pour se jeter à l'eau les premiers, trop frileux-discrets. J'ai avalé une gorgée de « poison » et j'y suis allée.

– J'ai vu Axelle. Ou plutôt, Stan et moi l'avons vue, je lui avais demandé de m'accompagner. On l'a trouvée à la cafétéria de son spa à l'heure du déjeuner. À peine ai-je eu prononcé le nom de son père qu'elle est devenue enragée. À l'entendre, tous les malheurs de la famille seraient arrivés par sa faute. Tout juste si elle ne l'a pas accusé d'avoir tué Aurore. Bref, ma belle idée l'a fait hurler de rire. Et tout ça a duré quoi ? Quinze, vingt minutes à tout casser. On n'a même pas pu lui parler de son avocat et de leur petite fille.

J'avais tout débité d'un trait de peur de ne pas arriver jusqu'au bout. Grégoire avait pris la main de maman : les veinards ! C'est elle qui a répondu.

– Ma pauvre chérie, quelle épreuve ! Toi qui espérais tant de cette rencontre. Mais tu dois savoir qu'Axelle a toujours été comme ça : excessive, sans freins. Je me souviens de colères terribles où elle cassait tout chez elle. À la vérité, je craignais même qu'elle ne refuse de te voir.

– C'est ce qu'elle aurait fait si Stan n'avait pas été là.

J'ai bu une gorgée de mon kir et me suis tournée vers Grégoire :

– Et la soi-disant « personne de cœur » ?

– Il semblerait qu'elle l'ait oublieé, a-t-il admis calmement. Et ton Stan, qu'en a-t-il pensé ?

– Il prétend que la colère d'Axelle était sincère, qu'elle croyait vraiment à toutes les horreurs qu'elle a débitées sur son père.

Ma voix s'est cassée. C'était ça, le pire : cette impression d'être lâchée, d'avoir perdu mon principal allié. À nouveau j'ai bu. Cette fois, c'est ma main que Grégoire a attrapée.

– On peut être sincère dans son aveuglement, a-t-il déclaré fortement.

Ma poitrine s'est libérée. D'un coup, je pouvais à nouveau respirer. Mais bien sûr ! Ça arrivait à tout le monde de s'emporter à tort, moi la première. Sans parler d'Elsa. Oh merci, merci, Grégoire. J'ai eu envie de l'embrasser. La porte du salon, ouverte à toute volée, m'en a empêchée : ma petite sœur, les joues rouges d'indignation.

– Alors comme ça, vous prenez l'apéritif sans moi ?

J'ai posé un doigt sur mes lèvres : « chut ». Grégoire et maman ont acquiescé.

– Viens vite qu'on répare ça, ma poulette, a dit maman.

Restait quelqu'un dont je voulais avoir l'avis avant d'affronter Philippe. Martin, bien sûr ! Lui non plus ne parlait jamais d'Axelle. Je l'ai interrogé lors d'une interclasse.

– Et si j'invitais ta sœur à réveillonner avec nous le 24 ?

J'ai cru qu'il allait s'étouffer.

– Me parle plus jamais de cette salope.

– 14 –

Comment aborder mon parrain, le soldat, le modèle sur lequel, depuis l'enfance, je gardais les yeux fixés ? De quelle façon lui avouer – non, pas avouer, « revendiquer » – mon idée de le réconcilier avec Axelle et ce qu'il en était advenu ? Et où parler tranquillement ? Chez lui, dans l'appartement qu'il occupait depuis que la maison où il vivait avec Aurore avait brûlé ? Impossible avec Martin. À la caserne ? Idem, nous serions forcément interrompus tout le temps.

Alors que je me creusais les méninges, c'est Philippe lui-même qui m'a donné la solution en me demandant si je voulais bien l'accompagner chez Gepetto, une brocante non loin du village, afin de choisir le cadeau qu'il offrirait à maman pour Noël. Il y avait repéré un guéridon et voulait avoir mon avis. J'ai accepté en cachant mon trouble. Pauvre Philippe, s'il savait quel cadeau j'avais eu l'intention de lui offrir pour ce même Noël ! J'ai décidé de ne lui parler qu'après la brocante pour ne pas risquer de gâcher son plaisir.

Nous nous y sommes rendus à pied, ce samedi après-midi, très exactement une semaine après ma visite à Axelle. Il faisait doux, soleil, et nombreux étaient les promeneurs dans les rues et ruelles du village. Dans les branches des arbres, des guirlandes de toutes les couleurs commençaient à apparaître, des étoiles d'argent à la devanture des quelques commerces. Philippe marchait, la main sur mon épaule et quand on nous saluait, je n'étais pas peu fière.

Gepetto, comme aimait à être appelé le brocanteur, nous attendait, lunettes au bout du nez, crâne dégarni, sourcils épais, à l'image du fameux personnage de Walt Disney dans le film *Pinocchio* auquel il faisait tout pour ressembler. Il nous a menés direct au guéridon : une petite table ovale en bois de rose, perchée sur trois pieds. Le plateau était également en bois de différentes teintes : « Du merisier », nous a-t-il appris. Je ne m'y connais pas trop en antiquités mais je l'ai trouvé ravissant. Une étiquette en donnait le prix : à mes yeux exorbitant.

– Alors, crois-tu qu'il plaira à ta mère ? m'a demandé Philippe.

– Certainement, mais il est bien trop cher, tu vas te ruiner.

Il a ri :

– Elle n'en saura rien. Et que ne ferais-je pour les beaux yeux de mon Hélène.

… surtout depuis la mort du pauvre papa, son petit frère.

Il a confirmé à Gepetto qu'il prenait son guéridon, il viendrait le chercher dans la journée du 24. En quittant la boutique, il était tout joyeux.

Et moi, bien embêtée : j'aurais mieux fait de lui parler avant.

– Philippe.

Il m'a souri.

– Ma Filou ?

– Pourquoi êtes-vous brouillés, Axelle et toi ?

Il s'est arrêté net. Son sourire avait disparu, son visage était comme un masque, le visage d'un étranger. Soudain, j'ai eu envie de me sauver, courir, fuir.

– Pourquoi me poses-tu cette question ? a-t-il demandé d'une voix glaciale.

J'ai rassemblé mes forces.

– Samedi dernier, je suis allée voir Axelle à Bagnoles. J'avais l'intention de l'inviter à réveillonner avec toi à la maison. C'est ta décoration qui m'en avait donné l'idée.

Un rire bref lui a échappé, déchiré. J'ai pensé au rire de haine d'Axelle. Celui de Philippe était de désespoir.

– Et que t'a-t-elle répondu ?

– Que c'était à toi que j'aurais dû poser la question.

Et j'ai réussi à ajouter :

– Que c'était toi qui avais mis en premier le feu à la famille.

C'était dit. J'y étais parvenue malgré mon cœur qui sonnait le tocsin et la boule qui écrasait ma poitrine. Philippe a repris sa marche en silence. Terminé, sa main sur mon épaule, notre belle complicité. Je me refusais à l'accepter. À cette idée, quoi qu'il se soit passé entre Axelle et lui, tout en moi se révoltait. Quelque chose m'a dit que j'avais bien fait de ne pas lui parler de Stan, de ne pas le mêler à cette horreur.

Sa voix était à nouveau calme lorsqu'il a repris la parole.

– Il y a des feux qui ne s'éteignent jamais, des souvenirs qui vous brûlent jusqu'à l'âme. Et crois-moi, Lou, ce feu là, ce n'est pas moi qui l'ai allumé.

Son visage était empli d'une douleur profonde. Je me suis détestée de lui avoir parlé. Maman m'avait pourtant avertie : sujet tabou. Mais je suis pire qu'Elsa, incapable de réfléchir avant de foncer. Et voilà !

Philippe m'a raccompagnée jusqu'à la maison. Je lui ai tendu ma joue en lui demandant pardon. Il m'a embrassée sans répondre.

DEUXIÈME PARTIE

L'ombre d'un doute

– 15 –

– Croisons les doigts pour que notre Philippe ne soit pas dérangé ce soir, lance maman toute joyeuse en disposant les assiettes de porcelaine sur la nappe damassée.

– Trêve de Noël ! renchérit Grégoire.

Il est arrivé en début d'après-midi, ce 24 décembre, vêtu d'un costume trois pièces, nœud pap, brandissant un mocassin qu'il a déposé au pied du sapin où les nôtres l'ont rejoint. Ce soir, après le festin, on y placera les cadeaux enveloppés de beau papier qui sera saccagé demain à partir de 8 heures avec des « oh », des « ah », des « il fallait pas » et des baisers à tout va. Au cas où Philippe et Martin souhaiteraient dormir ici, une chambre leur a été préparée.

Philippe… « notre Philippe », vient de dire maman. Parviendrai-je un jour à effacer de ma mémoire son visage dur, hostile, le visage d'un étranger lorsque j'ai prononcé le nom d'Axelle ? Depuis, il me hante. Je sais ce qu'en dirait Stan – en vacances à Rouen chez ses parents : « Inutile de chercher à effacer une blessure, il faut au contraire y braquer les projecteurs pour tenter de la comprendre et finir par l'accepter, vivre avec. »

Vivre avec ? Pas sûr que j'y parvienne. Lui en parlerai-je quand il reviendra ? Quoi qu'il en soit : joyeux Noël, mon Stan !

Six assiettes sur la table : couteaux à droite, fourchettes à gauche. La belle argenterie aux initiales « H et L » joliment entrelacées : Hélène et Louis – coucou, papa ! – a été sortie ainsi que les verres en cristal qui chantent quand on les frappote du dos de sa cuillère. N'oublions pas les coupes. En plus de son mocassin, Grégoire a apporté une bouteille de champagne : Veuve Clicquot. Elsa, qui aura droit à une gorgée, prépare les toasts qui l'accompagneront : saumon, tapenade, anchoïade. Sans modération. De la cuisine, montent les bonnes odeurs du gigot braisé que maman n'aura plus qu'à réchauffer en rentrant de la messe de minuit, célébrée à 8 h 30 en l'église Saint-Michel, notre paroisse. Seul Philippe, brouillé avec le Ciel depuis qu'il lui a pris son Aurore, n'y assistera pas.

Maman a revêtu sa robe noire, éclairée par un rang de perles. Je porte une jupe pour une fois, Elsa un jean sans trous et toutes les deux un t-shirt de fête : étoile d'argent pour moi, gros cœur rouge « I love Noël » pour elle. Ça sent trop bon du côté de la cuisine, va-t-il vraiment falloir attendre jusqu'à 10 heures pour nous régaler ? Mais les cloches de Saint-Michel s'ébranlent, tout le monde enfile doudounes ou manteaux et en avant !

Le porche était grand ouvert, les fidèles entraient au son de « Il est né le divin enfant ». La crèche vivante avait été dressée près de l'autel avec une vraie Marie, un vrai Joseph, entourant un faux poupon emmailloté de blanc. Depuis que les braiements désespérés de l'âne avaient perturbé le sermon du curé, on avait dû y renoncer. Dommage !

Précédé par les enfants de chœur, celui-ci est entré. Il s'est tourné vers le public, s'est signé et la messe a commencé. Je l'ai suivie d'une oreille distraite : le bon Dieu, je n'étais plus trop sûre d'y croire. En tout cas pas à celui qui nous regarde de haut entouré de ses archanges. Jésus mort pour nous ? Peut-être. Sainte Barbe, patronne de qui vous savez ? Obligatoirement.

Non loin de nous, on pouvait entendre les sanglots de Pierrette. Notre vœu de voir son fils libéré pour les fêtes n'avait pas été exaucé. Le pauvre Pierrot les passerait entre quatre murs. Y croyant ou non, j'ai fait une petite prière pour lui.

– 16 –

Philippe qui, bien sûr, possède la clé de la maison, nous y attendait avec Martin. Il a embrassé maman et serré la main de Grégoire. Quant elle le lui avait présenté, il y a un an, elle craignait sa réaction. Ne lui en voudrait-il pas d'avoir donné un successeur à son petit frère ? En aucun cas : Philippe, la générosité ! Je me suis souvenue de ses paroles lors de l'achat du guéridon : « Que ne ferais-je pour les beaux yeux de mon Hélène. »

Nous nous sommes embrassés comme si de rien n'était.

Que dire de cette soirée ? Après avoir allumé le chemin de loupiotes sur la table, répondant à celles du sapin, Grégoire a fait sauter le bouchon de Mme Veuve Clicquot, les coupes ont été heurtées et nous nous sommes régalés des toasts préparés par Elsa. Puis Grégoire, affublé d'un grand tablier, a découpé le gigot braisé tandis que maman s'occupait du gratin dauphinois et que Philippe débouchait le vin de Bordeaux.

Il était près de 10 heures quand nous sommes passés à table, maman radieuse présidant en face de Grégoire, son beau-frère à sa droite. Martin, pompette, faisait le pitre. Elsa, maquillée pour l'occasion, prenait de grands airs. Ne devenait-elle pas jolie ? Je m'en apercevais seulement. L'ambiance était au top, je m'efforçais d'être au diapason, sourire, rire avec les autres. Grégoire n'était pas dupe, qui m'interrogeait du regard : « Que se passe-t-il, ma Lou ? » Les yeux de Philippe revenaient régulièrement à moi, sombres, soucieux, me demandant pardon ? La bûche : roulé chocolat-noisette, a été applaudie, maman félicitée. J'ai été soulagée quand on a quitté la table.

Restait à déposer les cadeaux dans les souliers, ce qui a été fait dans une joyeuse bousculade. Puis nous nous sommes souhaité une bonne nuit et au lit ! Finalement, Philippe a préféré rentrer chez lui. Martin est resté. Durant cette soirée, aucun bip n'a sonné.

Dès 8 heures, tout le monde était sur le pont. Découvrant son soulier perché sur le guéridon, maman n'en croyait pas ses yeux. Il fallait la voir dans les bras du donateur ! Elle a décidé, pour que tous en profitent, de le laisser au salon où il supporterait le téléphone fixe, posé sur un coin de bureau et qui, lorsqu'il ne se casse pas la gueule, disparaît sous la paperasse.

Je lui ai offert une paire de gants en cuir, une écharpe à Philippe, à Grégoire un nœud papillon marrant, à Elsa et Martin des CD. À tous, Elsa a donné des dessins, elle est douée mais c'est surtout la reine des radines. Dépenser un euro la crucifie. Que fait-elle de son magot ? Nous brûlons tous de le savoir.

J'ai reçu de maman un bon à dépenser dans un grand magasin de Flers. De Philippe, un foulard mauve, ma couleur préférée et Grégoire a glissé à mon doigt une bague ornée d'une améthyste en forme de cœur qui m'a fait monter les larmes aux yeux. Dans ceux de Martin, il m'a semblé lire l'envie, le regret ? Sa mère à lui, Aurore, il n'en parlait jamais. Pourtant, il l'avait forcément aimée et quoi qu'elle ait fait, elle devait lui manquer. S'il se taisait, était-ce pour épargner son père ou pour cacher sa tristesse à lui ? Le moment venu de nous quitter, je l'ai embrassé très fort, certaine qu'il comprendrait pourquoi.

Un peu plus tard – je m'habillais dans ma chambre –, mon portable a sonné : Stan. Il m'a souhaité un joyeux Noël et m'a demandé-ordonné de lui garder mon réveillon du 31. Oh oui !

Mais le plus beau des cadeaux, c'est Pierrette qui l'a reçu, le surlendemain de Noël, quand les gendarmes sont venus lui apprendre la libération prochaine de son fils.

En effet, durant la soirée du 26 décembre, un feu avait pris dans la grange des Chauvin, des agriculteurs du coin. Elle ne contenait plus beaucoup de paille, seulement quelques outils et la tondeuse, aussi le feu avait-il été vite circonscrit. Aucune victime n'était à déplorer.

On avait retrouvé à proximité les restes d'une éponge et un peu de cire. La signature de l'incendiaire. Une nouvelle enquête repartait.

– 17 –

C'est un ancien bistro à La Ferté-Macé, non loin de la maison où Stan habite avec sa tante. Pour le passage à la nouvelle année, les commerçants ont fait de gros efforts de décoration. Nous occupons une place de choix près de la vitrine, vue sur guirlandes lumineuses, boules scintillantes et, tenez-vous bien, un boa en plumes grimpant à un arbre.

J'ai employé une partie de ma journée à ma décoration personnelle : shampoing-brushing et maquillage savant, en espérant ne pas en laisser une partie sur le blouson de Stan. Côté vêtements, ceux achetés à Flers avec le bon offert par maman pour Noël : une jupe et un chemisier échancré en satin de soie. Pendant que je me faisais belle, Elsa tournicotait autour de moi en chantant : « Hou, la menteuse, elle est amoureuse. » Un jour, je les tuerai, elle et Dorothée.

Maman réveillonnait en famille à la maison et quand je lui ai annoncé que je ne serais pas là mais avec Stan, elle s'est écriée : « Et si tu en profitais pour nous le présenter ? » Je devais être pompette avant l'heure, j'ai répondu : « Pourquoi pas ? » Avant de m'en mordre les doigts. Stan n'allait-il pas penser que je lui forçais la main ? Je l'ai appelé pour transmettre en ajoutant que rien ne l'obligeait à accepter.

– Depuis le temps que j'attendais d'être présenté à la reine mère ! s'est-il exclamé.

J'en suis restée soufflée. Et plus encore lorsque, très à son aise, il a porté la main de maman à ses lèvres, serré vigoureusement celle de Grégoire et mis un genou en terre devant Elsa.

– Je vous confie ma fille, a dit maman.

– Prenez-en grand soin, a recommandé Grégoire.

– Gare à l'alcool, a averti Elsa.

Il est 22 heures, nous avons choisi le poulet aux pleurotes : un champignon au large chapeau qui pousse sur l'écorce des chênes et, pour dessert, des tiramisus. Puis Stan a voulu tirer au sort celui qui raconterait le premier les agapes de Noël : gagné pour lui ! Il m'a décrit par le menu son réveillon entre ses parents et ses frères aînés, tous deux mariés et pères de famille. Ça faisait du monde et des cadeaux jusqu'au plafond.

– Je leur ai parlé de toi, m'a-t-il annoncé.

De moi ? Vraiment ? Alors que je ne rêvais que de rencontrer les siens ? Pouvais-je y croire : un premier pas ? Hier encore, j'aurais sauté de joie, ce soir, je m'en sentais incapable. Bientôt, incessamment, ce serait à moi de lui raconter mon réveillon, la fête gâchée par ma découverte d'un Philippe glacial, agressif, lorsque je lui avais parlé d'Axelle. J'avais pensé le lui cacher mais, dès que je l'avais vu, j'avais compris que je ne le pourrais pas, je l'aimais trop pour ça.

Il a agité sa main devant mes yeux.

– Houhou, tu es là ? À ton tour.

J'ai repoussé l'assiette à laquelle je n'avais presque pas touché.

– Stan… Il s'est passé quelque chose de grave.

Son sourire s'est effacé. Il s'est penché sur moi.

– Vas-y, ma Lou.

– J'ai vu Philippe. Je lui ai tout dit.

– Sans m'en parler ?

Son cri du cœur a redoublé mes remords.

– Je sais, j'ai eu tort, je regrette.

Et, pour me faire pardonner, je lui ai tout balancé sans rien lui cacher, depuis le début.

C'était lui qui m'avait donné l'idée d'aller voir mon parrain en parlant de fouiller du côté de l'incendie qui avait causé la mort d'Aurore. Pourquoi ne pas interroger directement l'intéressé ? La gorge serrée, je lui ai décrit sa réaction lorsque j'avais prononcé le nom d'Axelle, mon impression de me retrouver face à un étranger. J'ai terminé par ses paroles, dites d'une voix déchirée : « Il y a des feux qui ne s'éteignent jamais et celui-là, ce n'est pas moi qui l'ai allumé. » Comme en réponse à celles de sa fille : « Le feu à la famille, c'est lui qui l'a mis en premier. »

Puis, pas prévu au programme, j'ai fondu en larmes.

Sans se soucier des regards de nos voisins, Stan a sorti un mouchoir de sa poche et il me l'a tendu. Le garçon avait retiré nos assiettes et posé devant nous les tiramisus dans de jolies coupelles.

– Ça va mieux ? m'a demandé Stan tendrement.

J'ai acquiescé. Tellement mieux ! J'avais eu si peur qu'il m'en veuille.

– As-tu parlé de moi à Philippe ?

– Non, il m'a semblé qu'il valait mieux éviter.

– Et pourquoi ça ?

– Au moins préserver vos rapports.

– Tu as bien fait. En somme, Philippe a eu la même réaction que sa fille : un rejet total, absolu.

– Sans espoir de retour, ai-je soupiré.

Sur la place, des gens ont applaudi. Apparemment, certains n'avaient pas attendu pour ouvrir le champagne. Stan a demandé l'addition. J'ai glissé son mouchoir dans ma poche en espérant qu'il ne s'en apercevrait pas. Un vrai mouchoir, en tissu.

– Et votre dessert ? s'est désolé le garçon quand nous nous sommes levés.

Tiens, on l'avait oublié.

Je me souviens qu'en quittant ce bistro qui resterait à jamais gravé dans ma mémoire Stan m'a demandé si j'étais d'accord pour que le lendemain il me présente à sa tante, comme je l'avais fait ce soir pour lui à maman. Ce serait bien si je portais cette jolie tenue.

Je me souviens qu'arrivés au centre de la place il a sorti de son sac une bouteille de champagne et deux coupes, soigneusement enveloppées dans une serviette, et que j'ai ri en pensant à Elsa.

Le compte à rebours a commencé, suivi par tous à pleine voix. Je me souviens qu'au moment où nous avons basculé dans la nouvelle année Stan a appuyé ses lèvres sur les miennes, fort, longtemps, et que j'ai compris que lui aussi m'aimait.

– 18 –

La première fois que Stan avait vu Lou, c'était au marché aux fruits et légumes de Montsecret. Flammèches rousses sur la tête, yeux d'un incroyable vert céladon, mêlé de bleu très clair, l'air bravache, elle croquait à belles dents dans une pomme qu'elle venait de chaparder à l'étal d'un jeune garçon qui en riait avec elle.

– Vous savez, elle est pompière, lui avait glissé avec admiration un vieux paysan.

Le corps fin et musclé de la jeune fille en témoignait.

Sa curiosité éveillée, Stan l'avait abordée en lui demandant de bien vouloir l'aider à choisir un melon. Fallait-il croire ceux qui prétendaient qu'ils étaient sexués et que les femelles étaient plus goûteuses que les mâles ?

– Vous en doutez ? lui avait-elle renvoyé avec un petit air de défi, avant d'un sortir plusieurs du lot, les soupeser, y promener le nez et en élire deux : un pour lui, l'autre pour elle.

Comme il la remerciait, du bout du doigt elle avait touché la fossette creusée dans son menton : geste trop souvent infligé durant son enfance et qu'il détestait. « Tu veux me faire accuser de détournement de mineure ? » avait-il râlé, elle avait répondu « oui » et c'est comme ça que tout avait commencé.

Le dimanche suivant, lorsqu'il était revenu au marché, elle était là, il l'avait invitée à prendre un verre avec lui au café d'à côté et tandis qu'ils faisaient connaissance, il avait pu voir trembloter au fond de ses yeux la lueur inquiète de ceux qui, craignant de ne pas être à la hauteur, en rajoutent pour le cacher. Drôle de fille, toute en contradiction, comme cette peau hâlée, joliment parsemée d'éphélides, alors qu'en général elle est plutôt pâle chez les roux.

– Qui es-tu ? lui avait-il demandé.

– Tu ne l'as pas deviné ? Je suis l'erreur de la famille.

Comme lui ?

D'une longue lignée de fonctionnaires, Stan avait décidé très tôt d'être un baroudeur, un « vagabond » à la Brassens : faire ce qui lui chantait et le chanter bien.

La photo l'avait toujours fasciné : pouvoir, d'une pression du doigt, saisir la vie, capter l'âme d'un lieu, d'un objet, d'une personne, quoi de plus fabuleux ? Et l'âme, à l'époque du sexe porno, d'un ciel vide d'au-delà et de la frénésie de tout, tout, tout de suite et toujours plus, le mot lui plaisait bien.

À la photographie, il avait ajouté des études de morphopsychologie. « Ta morpho-truc-machin », comme lui avait lancé Lou après leur visite tragique à Axelle. Enfin, pour compléter le tout, Stan s'intéressait également au profilage : établir le portrait de quelqu'un par l'observation de son comportement dans une situation donnée.

– Aurais-tu l'intention de travailler pour la police ? avait ironisé son père. Si tu crois que c'est comme ça que tu gagneras ta vie !

Avec sa passion, Stan se contenterait de gagner l'enthousiasme de vivre.

Ainsi, presque chaque dimanche, il était retourné au marché des fruits et légumes de Montsecret où Lou l'attendait. Jusqu'au jour où il avait été bien obligé d'admettre qu'il ne s'y rendait que pour elle, ces moments de fantaisie, de sourire, de légèreté qu'elle lui offrait dans une vie un peu austère entre ses études et la vieille tante qui l'hébergeait.

C'est un feu qui les avait rapprochés. Il s'était déclaré sous la tente d'un mariage alors que Stan se trouvait là. Il avait pris de nombreux clichés, cherchant à saisir sur les visages la fascination, l'effroi ou la douleur. Son apprentie pompière lui avait confié qu'elle n'aimait rien tant que les anciens albums pleins de photos jaunies aux bords dentelés. Il lui avait proposé d'étudier avec lui celles de l'incendie et pratiqué pour elle des tirages papier. Le coupable courait toujours, qui sait s'ils n'y trouveraient pas des indices, une piste ? Stan en avait profité pour l'emmener à son école de La Ferté-Macé. Il lui arrivait de venir la chercher à son lycée au grand dam de son cousin, Martin.

À quel moment ce qui avait été une curiosité amusée s'était-elle transformée en un véritable intérêt ? L'amitié qu'il éprouvait pour elle, en un sentiment plus profond ? Il n'aurait pu le dire précisément : tout simplement, jamais il ne s'était senti aussi bien avec une fille, au diapason, en communion – mot qui allait avec « âme ». Et, malgré ses efforts pour le lui cacher, Stan voyait bien que Lou l'aimait aussi.

Mais 16 ans !

Il avait décidé de garder le silence pour l'instant.

Et puis ce soir de réveillon, son regard désespéré, perdu, après qu'elle lui avait confié l'attitude inexplicable de son parrain, il n'avait plus résisté. En l'embrassant, il lui avait exprimé clairement qu'il l'aimait et que dans l'épreuve qu'elle traversait, il se tiendrait à ses côtés.

– 19 –

Durant toute la journée suivant leur visite à Axelle, Stan avait cherché de quelle façon l'aider à surmonter son désarroi, lui rendre son sourire. Tout en sachant qu'il n'y avait qu'un seul moyen d'y parvenir : faire la lumière sur les attaques qu'Axelle avait portées contre son père, trouver la raison de la haine qu'elle lui vouait. Même si enquêter sur Philippe lui procurait un sentiment de malaise, un peu comme une trahison.

Tant pis : Lou d'abord.

Se souvenant de ce qu'elle lui avait raconté au sujet de la brève aventure d'Aurore avec un musicien à l'école de Montsecret, c'est par là que Stan a choisi de commencer : aller trouver la directrice de ladite école en espérant qu'elle lui en dirait davantage sur la mystérieuse « belle dame ». Ainsi, dès lundi, s'y était-il présenté.

C'était un modeste bâtiment, attenant à la mairie, où une employée lui a appris qu'elle n'abritait qu'une seule et unique classe de CM2, sous la houlette d'une directrice enseignante, Monique Agostini, en place depuis des années. Lorsque Stan est arrivé, vers 10 h 30, c'était la récréation et dans la petite cour, une douzaine d'enfants jouaient bruyamment sous l'œil de leur instit en compagnie de quelques mamies du village. Le voyant, elle lui a ouvert le portail.

– Monsieur ?

– Serait-il possible de vous dire deux mots en particulier ? lui a-t-il demandé. Je ne vous ennuierai pas longtemps.

– Et pourquoi ça, m'ennuyer ?

Et, sans hésitation, laissant la marmaille aux mamies, Monique Agostini l'a conduit dans son bureau, une pièce minuscule dont l'un des murs était entièrement tapissé de photos. Elle lui a désigné un siège et a pris place en face de lui. Devant son attitude ouverte, Stan a décidé d'y aller franco.

– Je suis un ami de Lou, Lou Châtenay. Je cherche à me renseigner sur sa tante Aurore, la femme de Philippe. On m'a dit que vous pourriez m'aider.

Le sourire de son interlocutrice s'est effacé.

– Vous renseigner ? Et pour quelle raison ?

Sans détour, il lui a raconté sa visite à Axelle en compagnie de Lou dans le spa de Bagnoles-de-l'Orne et la façon dont celle-ci les avait reçus. L'incompréhension de Lou, sa douleur.

– C'est pour l'aider à comprendre que je suis venu vous voir.

Tandis qu'il parlait, le visage de Monique Agostini s'était assombri. Visiblement, elle se sentait concernée : en venant ici, il ne s'était pas trompé. Lorsqu'il a eu terminé, elle a gardé un moment le silence. Allait-elle lui répondre ou le raccompagnerait-elle poliment à la porte ? Il a semblé à Stan que tout se décidait à cet instant et, dans son regard, il a mis une prière. Monique a eu un gros soupir.

– Aurore était mon amie. Je l'ai connue par ses enfants : Axelle et Martin, tous deux passés par cette école. Elle n'aimait rien tant que de venir me donner des coups de main, elle assurait que c'était ses récréations à elle.

Elle s'est interrompue et son regard est allé vers la cour où retentissaient les cris joyeux des enfants. Stan a tenté sans succès d'y imaginer la raide Axelle.

– Aurore était très belle et d'une grande finesse d'esprit, a repris Monique à voix basse. C'était une femme profondément malheureuse.

– Son mari ? a risqué Stan.

Elle a acquiescé.

– Un homme estimé de tous pour son ardeur au feu et sa vaillance. Mais, ce que l'on savait moins, affligé d'une jalousie maladive qu'Aurore expliquait par le suicide de son père après un divorce mal vécu. Elle devait lui rendre compte du moindre de ses mouvements. Et alors qu'on aurait pu espérer qu'avec le temps les choses s'arrangeraient, c'est le contraire qui s'était produit : un être rongé par le doute. Et qui le cachait bien, a-t-elle ajouté.

Stan a entendu la voix de Lou : « Pauvre, pauvre Philippe ! » Il s'est demandé s'il lui parlerait de cette visite et, à nouveau, il s'est senti en faute.

– Aurore n'avait-elle pas envisagé de divorcer ? s'est-il enquis.

– Bien sûr ! Mais comment infliger un tel coup à son mari après ce qu'il avait subi lui-même dans sa propre famille ? Et elle redoutait les conséquences sur les enfants.

– On m'a dit qu'elle avait rencontré quelqu'un ?

Stan ne craignait plus que Monique se taise. Il sentait en elle une sorte de soulagement. Une libération ?

– Un musicien de Clairefougère, un guitariste, a-t-elle admis. Il venait régulièrement ici pour familiariser les petits avec la musique. Un homme doux et compréhensif, un artiste. Bien que nettement plus jeune qu'Aurore, il s'était épris d'elle et elle n'avait pas résisté. Comment le lui reprocher ? Lui seul aurait pu donner à Aurore la force de se séparer de son mari.

– Vit-il toujours à Clairefougère ? a demandé Stan.

Dans ce cas, il irait le voir sitôt sorti d'ici.

À nouveau, Monique Agostini a hésité.

– Ce que je vais vous dire, il faudra ne le répéter à personne.

– 20 –

Même à Lou ?

Stan s'est contenté d'incliner la tête.

– Un matin, Aurore a débarqué ici, affolée. Son mari venait de découvrir sa liaison. Elle a appelé Jean-Jacques – c'était son prénom – et l'a conjuré de partir sur-le-champ, fuir le plus loin possible, redoutant qu'il ne s'en prenne à lui. Un instant plus tard, il était là : pas question de fuir, il se disait prêt à affronter Philippe. Mais les supplications d'Aurore, ses sanglots, et surtout sa promesse de le rejoindre, où qu'il soit, dès que la tempête serait passée, ont fini par le faire céder. J'ai accepté de jouer les intermédiaires.

La voix de Monique s'est brisée.

– Il me semble aujourd'hui qu'aucun de nous trois n'y croyait vraiment. Jamais nous n'aurions dû l'écouter.

Et Jean-Jacques était parti pour le Midi, Avignon, où il avait de la famille. Il appelait Monique plusieurs fois par jour pour avoir des nouvelles, mais comment aurait-elle pu lui en donner alors qu'elle n'en avait aucune et que le portable d'Aurore restait muet ?

– Je me suis permis d'aller voir le père de Lou pour l'alerter. J'ai trouvé un homme totalement lucide sur son frère. Il m'a dit qu'il leur arrivait de se disputer gravement au sujet d'Aurore. Il m'a promis d'intervenir, sans grand espoir de le faire plier.

L'institutrice s'est interrompue un instant, comme incapable de continuer.

– Et quelques semaines plus tard, la malheureuse périssait dans l'incendie de sa maison, avant que Louis ne perde lui aussi la vie, renversé par un chauffard.

Elle a pris son visage dans ses mains, ses épaules étaient secouées de sanglots. Bouleversé, Stan s'est penché sur elle.

– Pardonnez-moi d'avoir réveillé des souvenirs aussi douloureux.

C'est alors qu'elle a eu cette réponse :

– Il me semble que j'attendais le moment de pouvoir en parler à quelqu'un.

Il s'en souviendrait.

Elle s'est levée.

– Venez !

Il l'a suivie jusqu'au mur tapissé de photos. Il s'agissait pour la plupart de classiques photos de classe : l'enseignante entourée de ses élèves, quelque autres. Parmi celles-ci, elle en a détaché une qu'elle lui a tendue.

– Aurore et Axelle.

C'était la première fois que Stan voyait le visage de l'épouse de Philippe : un visage ravissant. Une femme fine, fragile, qu'aujourd'hui on aurait qualifiée de « brindille ». Près d'elle, d'un tout autre modèle, large, solidement plantée, Axelle fixait sa mère d'un regard protecteur.

– Elle lui était très attachée, a commenté Monique. Elle ne cessait de reprocher à son père son attitude brutale envers elle, n'hésitant pas à le traiter de tyran. Quelques semaines après sa mort, elle s'est installée à Bagnoles-de-l'Orne pour n'en plus jamais revenir.

Au sortir de l'école, Stan avait marché longtemps, troublé, malheureux. Monique Agostini venait de donner la réponse à la question que Lou et lui se posaient, une réponse claire et sans ambiguïté. C'était la jalousie maladive de Philippe et son comportement odieux avec sa mère qui expliquaient la haine qu'Axelle lui vouait : inutile d'aller chercher plus loin.

Stan s'était souvenu de ce que Lou lui avait confié un jour à propos du suicide de leur père : si Louis s'était résigné, Philippe, lui, ne l'avait jamais accepté. Un instant la tentation lui est venue d'en rester là, de laisser tomber, d'éviter à Lou d'autres découvertes qui ne feraient que la détruire un peu plus. Mais comment le pourrait-il, lui qui avait consacré sa vie à la recherche de la vérité ? Abandonner, ne serait-ce pas se trahir lui-même ? Alors il avait décidé de continuer à chercher sans rien en dire à Lou.

Et lorsque cette nuit de réveillon, il l'avait embrassée pour lui faire savoir qu'il l'aimait, c'était également pour se faire pardonner son silence.

– 21 –

Alors, Stan m'aimait ? Il m'aimait vraiment ? Pas comme la copine qui vous fait marrer, la fille toujours disponible, la bonne pâte ? Comme une femme ?

Il m'aimait malgré mon âge, mes maladresses, mes emportements, mon sale caractère ? Et pourquoi pas pour tout ça puisqu'il paraît qu'aimer, c'est prendre tout le paquet, le bon, le moins bon, le noir, le blanc, l'arc-en-ciel, rien à jeter !

Depuis quand ?

Le premier jour, le premier regard, comme dans ces chansons qui vous font rigoler tout haut et baver d'envie tout bas ? Ou plus tard, quand il m'avait proposé de chercher l'incendiaire avec lui et que, penchés sur les photos, son visage contre le mien, c'était moi qui flambais ? À moins que ce ne soit par la magie de douze coups de minuit : Stan le prince charmant des contes de fées.

Quand il m'a laissée vers 2 heures du mat', devant le portail du jardin, complètement out, j'ai été soulagée de voir la maison éteinte. Personne pour me lancer des « alors ? » auxquels j'aurais été incapable de répondre, vite, ma chambre ! J'ai grimpé d'un trait les vingt-quatre marches qui y conduisent, vingt-quatre comme les échelons de la grande échelle rouge des pompiers, et je m'y suis enfermée sans passer par la salle de bains, tant pis, tant mieux, je garderais un peu de l'odeur du prince charmant sur moi.

« Ce serait bien que tu portes cette jolie tenue demain », avait-il estimé après m'avoir annoncé son intention de me présenter à sa tante. J'ai ri tout bas en la retirant. Moi qui avais durant toute la soirée attendu en vain qu'il m'en félicite : « Coucou, la tante, à plus. » Le sommeil m'a emportée, corps, âme et biens.

Un bruit de vaisselle heurtée dans la cuisine me tire du sommeil. Ça sent le café et le pain grillé. 8 h 20 à mon réveil lumineux. Je remonte le drap jusqu'au nez et referme les yeux : il m'a embrassée ? Stan m'a embrassée ? Et bientôt, là, tout de suite, il viendra me chercher pour m'emmener chez sa tante, est-ce possible ? Je ne rêve pas ?

Je me lève d'un bond, enfile mon peignoir, ouvre rideaux et fenêtre. Le jardin dort encore sous sa couette de brume. Rien qu'à regarder l'herbe, tu as les pieds gelés. Allez, il est temps de descendre dans la fosse aux lions. Aux lions ? Laissez-moi rire !

En tailleur sur le canapé devant la télé, Elsa se passe en boucle les feux d'artifice sur la planète. Ça pétarade dans toutes les langues.

– Alors, c'était comment ? me lance-t-elle tandis que je traverse le salon.

Je lui adresse ma plus affreuse grimace et rejoins maman à la cuisine. Le bol à mon prénom est sur la table, poudre de chocolat dedans, eau frémissante dans la bouilloire.

– Bonne année, ma Lou !

– Bonne année, maman !

On s'embrasse avant que je m'installe et verse l'eau chaude dans mon bol.

– Grégoire et moi avons trouvé ton ami charmant, remarque maman. Et très bien élevé.

J'effleure ma main de mes lèvres et nous rions toutes les deux. Maman sort du réfrigérateur un restant de bûche, le pose devant moi.

– On t'en a laissé un peu.

Je revois la mine déçue du garçon du bistro, j'entends sa voix : « Et votre dessert ? » J'attrape ma fourchette. À défaut de tiramisu…

– Et Grégoire, tu en a fait quoi ?

– Au marché. Philippe et Martin viennent déjeuner. Crabe et langoustines au programme. Tu pourras te charger de la mayonnaise ?

– Je ne déjeune pas là. Stan me présente à sa tante, tu sais, celle chez qui il habite à La Ferté. Mais si tu veux, je peux faire la mayonnaise quand même.

Maman observe un silence. Déçue ? Curieuse ? Puis elle passe légèrement le dos de ses doigts sur ma joue :

– Laisse tomber, on se débrouillera.

Pas la fosse aux lions, celle à la tendresse.

Elsa est toujours scotchée à l'écran quand je repasse.

– Pour la tante de Stan, je veux bien. Mais ce soir, t'as pas le choix, tu me racontes tout !

– 22 –

Selon sa famille, Odile Fleurieux, la tante de Stan, avait raté sa vocation : entrer au couvent. Très pieuse, les hommes ne l'intéressaient pas et elle trouvait les enfants bruyants et assommants. Mais, à la surprise de tous, plutôt que de chanter les louanges du Seigneur, elle avait cédé à sa passion, celle des chiffres. Munie d'un master de comptabilité, elle travaillait au Centre des finances publiques de La Ferté-Macé où, écologiste convaincue, elle se flattait de garder en bon état le « Royaume des Anges terrestres » auquel, bien sûr, elle croyait.

Tel est le portrait que Stan m'a dressé de sa tante après avoir garé sa moto dans le parking de la place Notre-Dame que surplombait son appartement – il n'y a pas de hasard. Avant de sonner à la porte, il a posé un instant ses lèvres sur les miennes. Pas trop tôt ! Transportée au Royaume des Anges terrestres, je commençais à douter.

J'avais tout faux ! Je m'étais imaginé une longue femme sèche, aux cheveux gris, au visage sévère, c'est une petite boulotte aux cheveux teints, en robe de couleur, qui nous a ouvert.

– Bonne année, Lou. Je peux me permettre ?

Et elle m'a embrassée avant de faire de même avec Stan tandis qu'il m'adressait un clin d'œil.

Son salon donnait sur les deux hauts clochers de l'église. Il était empli de meubles, tableaux, objets, qui auraient ravi Gepetto. Une carafe de jus de fruits et trois verres étaient préparés sur une table. Nous nous sommes assis, Odile a rempli nos verres et l'interrogatoire a commencé : ma famille, mes études, mes goûts, mes projets. Sacrément curieuse, la tante !

Stan ne cessait d'intervenir sans qu'elle semble s'en formaliser. Il était flagrant que ces deux-là s'aimaient. Elle n'ignorait pas que j'étais pompière volontaire et quand, après m'avoir posé les questions habituelles, elle a déclaré avec un soupir : « Mon rêve », j'ai failli éclater de rire. Stan ne s'en est pas privé.

L'orangeade terminée, avant de nous quitter, il a tenu à me faire visiter sa chambre.

Elle était vaste et ouvrait sur une cour tranquille. Un lit bateau, au pied duquel s'étalaient livres et CD, un bureau supportant un ordinateur et un secrétaire dont Stan m'a appris qu'il avait connu Napoléon. Il en a ouvert le battant. Quatre petits tiroirs à boutons dorés sont apparus, en entourant un plus grand. Il a mis un doigt sur ses lèvres : « chut ! », a fait glisser avec précaution une plaquette de bois, révélant une cache renfermant une enveloppe.

– Mon testament, a-t-il annoncé. Si jamais il m'arrivait quelque chose, je compte sur toi pour venir le récupérer.

Même si nous avons ri, il m'a semblé me trouver face à un avertissement.

– 23 –

– D'accord pour marcher un peu ?

Stan désigne un bouquet de verdure au loin. Okay, pas de refus : un peu de calme après l'effervescente tante Odile.

Nous nous arrêtons en chemin dans une boulangerie. Il y a foule : sortie de la messe. Il achète deux sandwiches « fraîcheur » et des cannettes de Coca qu'il fourre dans son sac. Cette nuit il en avait sorti une bouteille de champagne dont nous n'avions bu que quelques gorgées, offrant le reste à nos voisins ravis. Coucou, Elsa !

C'est un square avec des balançoires, un toboggan, un bac à sable et plein de bancs pour les mamans. Au centre, un joli kiosque à balustrade bleue. Autrefois, on devait y jouer de la musique. Nous nous installons sur des fauteuils en métal et déballons nos sandwiches : poulet-tomate-salade-mayo. J'y croque avec appétit, j'ai faim ! La première fois depuis un siècle me semble-t-il.

– Ça t'ennuie si on parle de Pierrot ? demande Stan après avoir attaqué le sien.

– Mais bien sûr que non.

– Qu'as-tu pensé de sa libération ?

– J'en ai été heureuse ! Comme tout le monde à Montsecret.

– On t'a raconté comment ça s'était passé ?

– En gros. Un feu en fin de soirée dans la grange d'un agriculteur. Portant la signature de l'incendiaire.

Stan approuve du menton.

– Dès que je l'ai appris, je suis allé voir Jocelyn pour lui en parler. Il est d'accord avec moi : tout ça est un peu trop cousu de fil blanc.

– Cousu de fil blanc ? Que veux-tu dire ?

– Le seul but de cet incendie était d'innocenter Pierrot.

Je tente de me souvenir. Il m'avait en effet semblé qu'il tombait bien. Mais de là à en tirer une telle conclusion ! Du coin de l'œil, Stan m'observe. J'avale quelques gorgées de Coca. D'où me vient cette désagréable impression qu'il me dissimule quelque chose ?

– Ajoutons que le feu s'est déclaré un 27 décembre, reprend-il. Comme si notre philanthrope s'était interdit de gâcher la fête. Quant à la signature dont tu parlais, un reste d'éponge et de cire de bougie, elle a été retrouvée un peu trop facilement.

« Notre philanthrope », « le loustic », « notre ami »... Stan a toujours parlé de l'incendiaire comme s'il le connaissait. Soupçonnerait-il quelqu'un ? Mais avant que j'aie pu lui poser la question, voilà qu'un ballon atterrit à nos pieds. Il a été lancé par un petit garçon – quatre, cinq ans – en maillot de foot : une bouille craquante sous un nid de boucles brunes. Campé sur ses jambes, il attend que Stan le lui renvoie ; il se lève et shoote. Ravi, le gamin amortit. Stan applaudit, revient à moi.

– Terminé pour Pierrot, j'ai autre chose de bien plus important à te confier.

Et enfin – il y aurait mis le temps – il a pris mon visage dans ses mains, l'a tourné vers le sien et m'a dit qu'il m'aimait beaucoup, beaucoup trop ! Il avait des montagnes de projets pour nous, comme de me présenter à ses parents, parcourir le monde et avoir plein d'enfants qui ressembleraient au petit garçon au ballon. Mais nous allions devoir nous montrer patients, ne le dire à personne pour l'instant, attendre que j'aie un peu vieilli, refréner nos ardeurs. Et, à propos d'ardeurs, il a condescendu à m'embrasser vraiment.

Ça m'était arrivé avec quelques garçons, pas souvent et bas les pattes ! Ça m'avait plu moyen. Rien à voir avec ce lent, cet envahissant bien-être, cette félicité que ses lèvres, sa langue répandaient en moi comme un délectable poison.

D'une grosse voix, la voix lourde d'un guerrier vaincu, il m'a avoué que c'était pour lui, lui seul, qu'il m'avait demandé de porter ce chemisier qui me rendait si désirable. Pour qu'il puisse y glisser sa main et découvrir les attraits que je lui avais cachés jusque-là. Et avec ces paroles, accompagnées par des caresses, inutile de voyager, le monde s'ouvrait à moi. Mais quand j'ai voulu le caresser à mon tour, il a arrêté ma main.

– Non, Lou, c'est trop tôt. Pardonne moi, je me suis laissé emporter.

Il s'est levé. Son ballon serré contre sa poitrine, le petit garçon nous regardait. J'ai eu un peu honte. Moi aussi, je m'étais laissé emporter. Je lui ai adressé un sourire d'adieu et j'ai suivi Stan en abandonnant sandwiches et boissons à peine entamés sur le banc. Avais-je vraiment eu faim ?

Tandis que nous quittions le square, je tentais de graver en moi ces détails, ces riens, qui font les souvenirs impérissables :

un son, une odeur, un nid de boucles brunes sur la tête d'un futur champion.

La voiture de Philippe était là quand Stan a arrêté sa moto devant le portail de la longère. C'est vrai, il avait déjeuné à la maison. Crabe-langoustines-mayo. J'ai proposé à Stan d'entrer : l'occasion de parler de Pierrot avec Philippe, confronter leurs points de vue. Il a refusé net. Son visage était tendu, son regard fuyant, son baiser m'a semblé distrait. Je l'ai regardé s'éloigner le cœur serré.

Dis, Stan, que me caches-tu ?

– 24 –

Dimanche, 11 h 30, pluie et vent. Mon bip sonne : accident sur la voie publique. Arrivés à Domfront où les cloches de Saint-Julien carillonnent, Martin et moi trouvons Jocelyn dans le VTU, prêt à *décaler*, direction Sainte-Urse. Nous échangeons un regard inquiet : Sainte-Urse, le village natal de notre caporal, ou plutôt un hameau : quelques maisons autour de l'église, un paysage vallonné où coule la rivière le Noireau, nourrie de huit ruisseaux. Un havre de paix, vanté par tous les guides de randonnées.

Jocelyn l'a quitté pour travailler dans le haras du père de son amie Charlotte. Elle fait des études de pharmacie à Caen. Ils se marieront sitôt celles-ci terminées. En attendant, il s'occupe des chevaux. Il n'est pas rare de le croiser, tout fier, sur le dos d'un pur-sang.

Il conduit le visage fermé, les lèvres serrées. Inutile de se demander pourquoi : ses parents, eux, vivent toujours à Sainte-Urse ainsi que Marie-Sophie, sa petite sœur de 12 ans, une vraie poison dont il nous parle souvent. Et le cauchemar du pompier n'est-il pas d'avoir à intervenir pour l'un des siens ?

Je sens Martin tendu à l'extrême, la dévotion qu'il voue à Jocelyn n'est un secret pour personne.

Lorsque nous arrivons place de l'Église, une belle pagaille règne. Autour d'une voiture de sport rouge grenat, quelques personnes furieuses invectivent le conducteur sous l'œil du curé qui les exhorte à se calmer. Un peu plus loin, sur le parvis, ce sont les cris de douleur d'une femme, agenouillée près d'une jeune fille, qui retentissent. Jocelyn se précipite, tente de la relever.

– Maman, s'il te plaît.

Hélas, nous avions raison d'avoir peur.

Il confie sa mère à un homme aux cheveux gris, visage digne, qui retient ses larmes : son père ? Puis il s'accroupit près de la blessée. Je le rejoins avec la trousse de secours, Martin à la traîne.

Marie-Sophie est recroquevillée sur le côté. Ses longs cheveux blonds cachent à demi son visage blême et ses yeux clos. Jocelyn lui parle d'une voix forte, assurée : pas de souci, il est là ! Il va s'occuper d'elle, il ne la quittera pas, c'est promis. Et alors que j'ouvre la trousse, voilà déjà l'ambulance, envoyée par le centre. Le conducteur et son équipière en descendent. Toutes précautions prises pour maintenir le cou de la jeune fille, celle-ci est soulevée, installée sur la civière, montée dans le véhicule. Alors que le conducteur s'apprête à reprendre le volant, nous pouvons entendre Jocelyn demander, prier, exiger d'accompagner la blessée jusqu'à l'hôpital. « Interdit par le règlement », lui renvoie son interlocuteur.

– Vous n'avez donc rien compris ? C'est ma sœur, crie Jocelyn avec désespoir.

Près de moi, Martin, les larmes aux yeux, s'agrippe à ma manche comme un gamin. Exceptionnellement, Jocelyn sera autorisé à monter dans l'ambulance. Et cette foutue pluie qui tombe toujours. Et ce foutu vent qui agite les branches de l'épicéa contre le mur de l'église : un arbre qui peut vivre jusqu'à 300 ans.

Les gendarmes ont pris le relais : leurs ordres brefs, précis, semblaient remettre les choses à l'endroit. Ils ont dégagé la voiture de sport de ses assaillants et en ont extirpé le conducteur, un jeune homme affolé qui ne cessait de répéter : « C'est pas ma faute, c'est pas ma faute. » Interrogé, le curé a confirmé : Marie-Sophie s'était brusquement mise à courir pour rejoindre ses parents, le malheureux n'avait pas eu le temps de s'arrêter. On l'a embarqué : la justice trancherait.

Les parents de Jocelyn nous ont remerciés. Ils auraient voulu nous offrir à boire mais nous devions rejoindre Domfront. Martin a essuyé ses larmes et pris le volant du VTU. Arrivés à destination, on nous a donné des nouvelles de la victime : pronostic vital non engagé : ouf ! Nous avons récupéré nos vélos. Émue par la détresse de mon cousin, je lui ai proposé de venir à la maison.

Tout le monde était sorti : une chance. On a avalé un peu de pain et de fromage à la cuisine, bu un Coca, puis nous nous sommes réfugiés dans ma chambre où j'ai mis un CD de Jean-Jacques Goldman que Martin aime bien, surtout « Je te donne ». On s'est étendus sur mon lit. Il avait déjà l'air d'aller mieux, très vite, il a fermé les yeux.

Je ne me souviens plus à quel moment je me suis levée pour aller dans la salle de bains. J'y suis restée quoi ? cinq, dix minutes ? Quand je suis revenue dans ma chambre, Martin était bel et bien réveillé. Il avait étalé sur le lit toutes les photos que je garde sur ma table de nuit : les tirages papier faits pour moi par Stan lors de l'incendie sous la tente et aussi, plus récents, des selfies de nous deux dans le jardin public de La Ferté.

– Je le savais que vous sortiez ensemble ! a-t-il crié en les désignant.

– Qui t'a permis ? lui ai-je renvoyé sur le même ton.

Sans répondre, il a ricané en montrant cette fois les clichés de l'incendie.

– Il se prend pour qui, l'autre ? Il est même pas pompier.

Une rage froide m'a saisie, je lui ai désigné la porte :

– Fous le camp ! Dégage ! Et que je te revoie plus.

Arrivé dans le hall, il est tombé sur la famille qui rentrait et il a filé sans demander son reste.

Elsa a levé les yeux vers moi.

– C'est grave ?

– 25 –

C'était grave ! J'ai appelé Stan et je lui ai demandé si nous pouvions nous voir très vite. Tout de suite ?

– Pas de problème. Veux-tu que je vienne te chercher ?

– Surtout pas, je t'expliquerai. Grégoire va me déposer chez toi, c'est possible ?

Il a dit oui. Sa tante n'était pas là, je n'aurais qu'à sonner en arrivant, il descendrait m'ouvrir.

Si j'avais refusé qu'il vienne ici, c'était de crainte qu'il ne croise Martin : inutile d'en rajouter. Et nous serions plus tranquilles qu'à la maison. Quant à Grégoire, il m'avait si souvent proposé son aide que je ne doutais pas une seconde de son accord.

Lorsque, mon blouson sur le dos, je suis descendue au salon, assis sur le canapé près de maman, il discutait avec Elsa. Je me suis plantée devant lui.

– Est-ce que tu veux bien me conduire à La Ferté, s'il te plaît ?

Il s'est levé.

– À vos ordres, madame. Le temps d'enfiler une veste et de mettre mes souliers vernis.

Il a disparu. Elsa me regardait, sidérée, et je n'ai pu m'empêcher d'être fière. Si, plutôt que « La Ferté », j'avais cité Londres ou Paris, j'aurais eu la même réponse, sûr ! Il aurait seulement ajouté un sac à ses souliers vernis.

Mais déjà il réapparaissait.

– Je peux venir, s'il te plaît ? a supplié ma sœur.

Rares, les « s'il te plaît » chez elle. Maman l'a attirée tendrement contre sa poitrine.

Durant le trajet, j'ai raconté à Grégoire l'accident arrivé ce matin à la petite sœur de Jocelyn et la détresse de celui-ci. Plutôt que de s'apitoyer, il m'a promis de s'enquérir, dès ce soir, de l'hôpital où elle avait été transportée et de prendre de ses nouvelles.

Sans entrer dans les détails, je lui ai décrit la colère de Martin découvrant les selfies de Stan et de moi, sa jalousie, sa fureur.

– Pauvre Martin, a-t-il compati. Ça crève les yeux qu'il est amoureux de toi !

Dans la foulée, je lui ai annoncé que Stan et moi nous nous aimions et que nous avions des tas de projets ensemble comme de parcourir le monde et d'avoir plein d'enfants.

– Voilà qui me paraît être un excellent plan, a-t-il applaudi. À condition d'attendre un peu pour les enfants.

Et on a ri comme des bossus.

Il y avait une chose dont je n'avais jamais parlé à Grégoire : trop douloureux ? C'était l'attitude de Philippe quand je lui avais raconté ma visite à Axelle à Bagnole-de-l'Orne. Son regard glacé, cette terrible impression de me retrouver face à un étranger. Je ne sais ce qui m'a pris, je lui ai tout sorti.

Il a gardé un instant le silence, le visage grave, les yeux fixés sur la route.

– Ton parrain est loin d'être un homme simple, a-t-il observé. Son attitude avec toi lors du réveillon de Noël m'avait frappé. Il ne cessait de te regarder comme s'il attendait ou redoutait quelque chose. Je te remercie de m'en avoir parlé.

Comment ne l'avais-je pas fait plus tôt, négligeant ses nombreuses propositions de m'aider ? D'un coup, je me sentais si légère, libérée. Je me suis promis que, désormais, je ne lui cacherais plus rien.

Arrivés devant la maison de Stan, Grégoire m'a proposé de m'attendre aussi longtemps qu'il le faudrait. Il en profiterait pour visiter l'église aux deux clochers. J'ai refusé : Stan me raccompagnerait.

Il s'est contenté de m'embrasser très fort, comme un père embrasse sa fille : un cadeau du Ciel.

– 26 –

Eh oui, Odile était de sortie : rendez-vous à son association : « Les Anges terrestres ». L'écologie me branchait : un jour, il faudrait que je lui demande de me les présenter.

J'avais espéré que nous nous installerions dans la chambre au tiroir secret, mais non ! Stan m'a entraînée sur le canapé du salon vieillot, s'aventurant quand même à passer son bras autour de mes épaules.

– Alors, cette urgence ?

– Je me suis plantée avec Martin.

J'ai tout raconté à nouveau : Jocelyn, sa petite sœur blessée, les larmes de Martin et ma proposition de l'emmener à la maison. Puis son impardonnable indiscrétion, sa jalousie, ma rage, et la façon dont je l'avais viré.

– Alors que tu m'avais demandé de ne rien lui dire sur nous et nos recherches sur l'incendiaire, à l'heure actuelle, Philippe doit tout savoir. Et demain, ce sera le village qui jasera. Pardonne moi, j'ai été nulle…

Était-ce l'indulgence de Grégoire ? J'espérais que Stan rirait et me rassurerait : après tout, Philippe l'aimait bien et qui sait s'il ne se réjouirait pas de ce qui nous arrivait ? Quant à nos recherches sur l'incendiaire, il était au courant.

Il n'a pas ri. Il ne m'a pas rassurée. Il s'est tu pendant cent sept ans et moi j'imaginais le secrétaire au tiroir secret dans la chambre voisine et je m'enfermais dedans.

Il s'est enfin décidé.

– À propos de jalousie, quand ta mère t'a révélé l'aventure d'Aurore avec son musicien, t'avait-elle parlé de celle, maladive, de Philippe vis-à-vis d'elle ?

Cette question, posée d'une voix sombre, m'a désarçonnée.

– Philippe, « maladivement jaloux » ? Le « maladif » me semble de trop. Même si, contrairement à papa, il n'avait pas réussi à accepter la disparition de leur père.

– Quel âge avaient-ils lorsqu'il s'est supprimé ? a poursuivi Stan.

Et bien que j'aie senti dans sa voix une sorte de précaution, sa question m'a heurtée. Le suicide de Francis Châtenay, sujet tabou, secret-secret. Avais-je seulement le droit de lui répondre ? J'ai souhaité que sa tante revienne. Il attendait, le regard pressant. J'ai fini par craquer.

– Si je ne me trompe pas, Philippe avait 7 ans et papa 5.

– Et les deux frères s'entendaient bien ?

Là, ça a débordé.

– Stan, pourquoi cet interrogatoire ? Je ne suis pas venue te parler de Philippe, ni de son père, mais de Martin.

J'ai senti son hésitation, je me suis redressée et je l'ai obligé à me regarder en face :

– Je t'en supplie, dis-moi ce qu'il se passe ?

Il s'est décidé.

– Il semblerait que le principal grief d'Axelle contre son père soit sa jalousie féroce et son attitude brutale envers sa mère.

– Mais qui t'a raconté ça ? ai-je crié.

– Une amie d'Aurore. Qui la connaissait bien. Je ne peux pas t'en dire davantage, je m'y suis engagé.

Une amie d'Aurore ? Quelle amie ? D'où elle sortait, celle-là ? Jamais entendu parler ! Philippe « férocement » jaloux ? Philippe brutal ? Et puis quoi encore ? Au visage de Stan, j'ai compris qu'il ne m'en dirait pas plus. Terminé.

Je me suis levée et je lui ai demandé de me raccompagner à la maison. Je regrettais d'avoir refusé la proposition de Grégoire de m'attendre.

Nous avons traversé la grand-place. De l'église aux deux clochers, montait le chant des fidèles, accompagné par les grandes orgues. Tout en allant récupérer sa moto au parking, Stan m'a conseillé de renouer avec Martin, de lui faire comprendre que notre relation ne lui retirait rien. Il s'est efforcé de rire en me racontant que les amours entre cousins cousines étaient fréquents et avaient donné lieu à de nombreux romans ou films.

– Finalement, a-t-il conclu d'une voix fausse à souhait, j'ai eu de la chance de l'emporter sur lui.

Je ne l'aimais plus.

La pluie avait enfin cessé de tomber. Dimanche, 18 heures, personne sur la route, on a filé comme le vent.

Tout le bas de la longère était éclairé, Stan est descendu de moto, il a retiré son casque et m'a prise dans ses bras. D'une voix déchirée, déchirante, il m'a répété qu'il m'aimait et m'a demandé pardon de m'avoir blessée avec ses questions.

Marchant vers la maison, mon casque sous le bras, sentant son regard sur moi, à la fois j'avais envie de vite en pousser la porte et de faire demi-tour, revenir à lui.

J'ai poussé cette porte et seulement alors j'ai entendu sa moto démarrer.

– 27 –

« Stan, je t'en supplie, dis-moi ce qu'il se passe ? »

Quand Lou avait prononcé ces mots, avec ce regard traqué, Stan avait été sur le point de lui parler de sa visite à l'institutrice et des confidences qu'elle lui avait faites. Heureusement, il s'était ressaisi à temps. Mais aussi, qu'est-ce qui l'avait pris d'aborder le sujet brûlant de la jalousie de Philippe vis-à-vis de sa femme et du suicide du dénommé Francis ? Fallait-il qu'il soit hanté par les paroles de Monique Albertini, très exactement par celles-ci : « Il me semble que j'attendais le moment de pouvoir en parler à quelqu'un. »

Parler de quoi ? Allez, Stan, l'amour te rendrait-il lâche ? Des soupçons de l'institutrice sur l'incendie qui avait tué Aurore, son amie, la femme ravissante, la femme menacée. Et si c'était son mari le coupable ? Philippe : un assassin ? Pauvre, pauvre Lou, qui aimait tant son parrain.

Les premiers doutes de Stan lui étaient venus lors de leur visite à Axelle dans son spa de Bagnoles-de-l'Orne. Doutes amplifiés lorsque Lou, bouleversée, lui avait raconté la fureur de Philippe apprenant cette visite. Enfin sa certitude après avoir rencontré Monique Albertini.

Il s'est souvenu du film d'Alfred Hitchcock qu'il avait vu ado : *L'Ombre d'un doute.* Il racontait l'histoire d'une jeune fille du même âge que Lou, comme elle ardente et naïve, très attachée à son oncle, un homme beau et séduisant qui se servait de son charme pour dépouiller de vieilles dames fortunées avant de les éliminer sans scrupule : du meilleur Hitchcock ! Aveuglée par l'amour qu'elle lui portait, l'héroïne, dont il avait oublié le prénom, refusait obstinément de croire à sa culpabilité quand bien même les preuves en crevaient les yeux. À la fin du film, elle échappait de justesse à la mort.

Sa poitrine s'est alourdie : comment la sombre histoire dans laquelle il se trouvait engagé avec Lou se terminerait-elle ? « Stan, je t'en supplie, dis-moi. » Une nouvelle fois, il a été tenté d'abandonner. En poursuivant ses recherches, ne risquait-il pas de l'exposer elle aussi ?

Avant de prendre sa décision, il a décidé d'éclaircir un dernier point.

C'est sans grande difficulté qu'il s'est procuré le nom et l'adresse du propriétaire de la maison qui avait brûlé le jour fatal, empêchant Philippe de sauver sa femme.

Qui connaît chaque habitant d'un village ? Qui, presque chaque jour, se présente à sa porte et parfois même noue une amitié avec lui ? Le facteur, pardi ! En l'occurrence, une factrice prénommée Véronique, une belle et souriante personne qui n'a pas hésité à lui fournir les renseignements qu'il cherchait.

Ce propriétaire s'appelait Hervé Peillon. Amoureux de la région, il avait choisi Montsecret pour y prendre sa retraite d'ingénieur. Véronique lui en a donné l'adresse.

– Vous ne pourrez pas vous tromper : son nom est écrit en gros sur sa boîte aux lettres.

Et elle a ajouté avec un soupir :

– On peut dire que dans son malheur, il a eu de la chance : un minimum de dégâts chez lui. Tandis que l'autre feu, qui a pris quasiment en même temps chez notre adjudant, a ravagé toute sa maison, en plus d'emporter sa femme.

« Notre » adjudant… prononcé avec révérence.

Dès le lendemain matin, Stan se présentait au portail d'Hervé Peillon.

C'était une coquette demeure normande à colombages, fenêtres mansardées et toit d'ardoise, entourée d'un jardin de bonne dimension. Alors que Stan s'apprêtait à sonner, il a remarqué un homme, en tenue de jardinier, s'affairant autour d'un massif de roses.

– Monsieur, s'il vous plaît ?

L'homme s'est redressé et il est venu sans hâte vers lui, son sécateur à la main. Il avait un visage de grand-père sous une masse de cheveux blancs.

– Que puis-je faire pour vous, jeune homme ?

– Si cela ne vous ennuie pas, j'aimerais que nous parlions de l'incendie qui a sévi dans votre maison il y a trois ans de cela, y est allé franchement Stan.

– Journaliste ? a demandé son interlocuteur avec méfiance.

– Étudiant en photographie.

L'homme lui a ouvert le portail.

– Pour ce qui est des photos de l'incendie, je crains qu'il ne soit un peu tard, a-t-il plaisanté.

Remarque qui a laissé Stan perplexe : de l'humour mal placé ?

– Si vous voulez bien, allons dans la maison, a repris Peillon. Je ne sais pas si vous avez noté mais il fait plutôt frisquet.

Le temps s'était en effet brusquement refroidi. « Quand février pleure, avril rit », dit le dicton. Stan a éprouvé un sentiment d'oppression : en avril prochain, où en serait-il avec Lou ?

– 28 –

La maison semblait déserte lorsqu'ils y sont entrés. L'ingénieur lui a désigné le salon.

– Mettez-vous à l'aise. Le temps que je me lave les mains. Voulez-vous boire quelque chose ? Un café ? Une bière ?

– Merci oui pour la bière.

La pièce était vaste et claire. Dans un coin, un parc d'enfant plein de jouets. Sur la cheminée, la photo d'une femme d'un certain âge encadrée : la grand-mère ? Tout un pan de mur était occupé par des livres. Stan s'en est approché : des romans et encore des romans. Cela aurait plu à sa calée en français. « C'est pour toi que je suis là, mon cœur. »

– La lecture, le passe-temps préféré de mon épouse, a lancé l'ingénieur en réapparaissant deux bouteilles de bière à la main. Une chance qu'elle ait été absente la nuit du drame, elle aurait été capable de mettre ses jours en danger pour sauver ses livres. D'autant que certains lui sont dédicacés.

Il a posé les bières sur une table, est allé piocher deux verres sur une étagère et a fait signe à Stan de venir s'asseoir près de lui.

– Quoi qu'il en soit, ce jour restera dans les annales de Montsecret, a-t-il repris. Comme vous le savez certainement, l'incendie de la maison de Philippe Châtenay, adjudant pompier, a éclaté quelques minutes seulement après le nôtre. Deux feux en même temps dans un si petit village, ça ne doit pas se voir souvent !

Peillon a ouvert les bouteilles. Il a rempli le verre de Stan et l'a poussé devant lui. Stan a bu quelques gorgées.

– À quelle heure le feu s'est-il déclaré chez vous ? a-t-il demandé.

– Aux environs de 23 heures. Heureusement, je n'éteins jamais avant minuit ! C'est l'odeur qui m'a alerté. Les pompiers ont été là presque immédiatement. Seule la cuisine a souffert.

Il a poussé un profond soupir :

– Je n'oublierai jamais le cri de l'adjudant quand il a appris que le feu avait pris également chez lui. Le malheureux a eu beau galoper, il n'a pas pu sauver sa femme.

Stan a serré les dents : « la » malheureuse, a-t-il rectifié pour lui.

– Et quelle était la cause des incendies ? a-t-il poursuivi.

– Pour ici, un tuyau de raccordement de gaz défectueux. Ils sont pourtant vérifiés régulièrement. Pour celui de Châtenay, l'enquête a conclu à un accident domestique. Il arrivait à sa femme de fumer : un mégot mal éteint ? On a aussi parlé d'une lampe halogène que le couple venait d'acheter, placée trop près des voilages de la chambre, l'endroit d'où est parti le feu. Ajoutons que la pauvre femme était dépressive et prenait des comprimés pour dormir. Tout ce que l'on peut espérer, c'est qu'elle n'a pas eu le temps de souffrir.

Stan a revu la photo d'Aurore, si fine, fragile. « Une brindille », avait-il pensé. Son cœur s'est serré.

– Et les enfants dans tout ça ?

– Tous en classe de neige : vacances de printemps.

L'ingénieur a désigné le parc aux jouets :

– Les miens avec leur grand-mère.

Accident domestique, dépression d'Aurore, prise de comprimés pour dormir… Cette visite n'aurait pas apporté grand-chose à Stan.

Tout en terminant leurs bières, à la demande d'Hervé Peillon, il lui a parlé de ses études de photographie à La Ferté-Macé. Lorsqu'il a abordé le sujet de la morphopsychologie, ce dernier s'est passionné : cerner le caractère de quelqu'un par les traits de son visage : du vrai polar ! Sa lecture préférée à lui.

Jusque-là, même s'il avait souvent été tenté, Stan s'était refusé, par égard pour Lou, à se pencher sur les traits de Philippe. Il allait devoir s'y résigner.

La visite terminée, Hervé Peillon l'a raccompagné au portail. Comme Stan le remerciait de son accueil, il a eu à nouveau un gros soupir.

– Savez-vous le plus terrible ? L'incendie de la maison de l'adjudant a éclaté pile le jour anniversaire de son mariage : un 11 juin. Mais ça, on ne l'a appris que plus tard. Vous avouerez que la vie vous joue parfois de drôles de tours !

– 29 –

Sous les cheveux qui grisonnent, le front est semé de rides dont l'une, plus profonde, horizontale, est creusée comme une barre d'arrêt.

Les tempes, elles aussi creusées, dénotent une tendance aux œillères, une difficulté à s'ouvrir à d'autres points de vue que le sien.

Les oreilles sont décollées, ouvertes, signe de grande réception auditive. Le lobe, charnu, indique une bonne tonicité osseuse.

Le froncement de sourcils laisse deviner une colère rentrée. Le nez est légèrement busqué, les narines, vibrantes, évoquent une sensibilité excessive que confirment les joues creuses aux pommettes saillantes. Enfin, les yeux légèrement enfoncés, rapprochés, parlent de méfiance.

Stan éteint le projecteur, se lève et va chercher un verre d'eau, s'accordant un moment de répit. Dur!

Il a emprunté cette photo de Philippe à l'un des albums de Lou, Lou si fière, à l'heure du tout électronique, de collectionner les « vraies », comme elle dit, sagement fixées entre quatre coins au fil des pages.

La photo qu'il étudie a été prise à la longère. Vêtu en garde forestier : chemise à carreaux, pantalon de velours, pataugas, Philippe pose à côté d'Hélène. Que fêtent-ils ? Tous deux ont une coupe de champagne à la main. La mère de Lou arbore son sourire habituel : douceur, confiance. Philippe, lui, regarde au loin, le visage indéchiffrable.

Stan a commencé par scanner la photo, puis il l'a enregistrée et, pour finir, il l'a agrandie au maximum afin de déchiffrer ce visage, le passer à la question. « Pardon, ma chérie, c'est pour toi que je le fais. »

Il boit un peu d'eau. Il se sent las. C'est à contrecœur qu'il agit. N'a-t-il pas songé à abandonner ? Mais c'est bien simple, il en est incapable. Il veut, il doit, aller jusqu'au bout. Quoi qu'il lui en coûte.

Allons, finissons-en.

Il rallume le projecteur et élargit le champ afin de voir l'homme dans sa totalité.

Sa taille, plus élevée que la moyenne, indique que pour vivre Philippe a dû chercher sa ration d'air en hauteur. Les épaules larges, déployées, disent la force. La main enserrant la coupe semble ridée prématurément.

Et soudain, malgré lui, malgré tout, s'insinue en Stan comme de la pitié. Ce champagne, Philippe a-t-il jamais été capable de le savourer ? Cette fête, en a-t-il profité ? A-t-il jamais su goûter à ces joies simples qui, mises bout à bout, font un peu de bonheur ? Éprouver le simple plaisir d'être là, sentir, écouter, regarder, un monde qui peut être si beau en dépit de tout ?

Nous sommes tous plus ou moins faits de notre enfance. Philippe avait 7 ans quand sa mère est partie avec un autre et que son père s'est suicidé : un double abandon. Depuis, il a nourri en lui la rancœur, le dégoût, la haine. Alors que Louis, son cadet de deux ans, parvenait, lui, à accepter, aimer, être aimé. L'amour, parlons-en !

Philippe a aimé Aurore comme une proie à soustraire au regard des autres. Il aime Lou comme un miroir qui lui renvoie une image flatteuse de lui. L'image d'un homme généreux, aimable au premier sens du terme : « digne d'être aimé ».

Qu'arrivera-t-il si, un jour, le miroir se fissure, s'il lit sur le visage de sa filleule le doute, la méfiance, le soupçon ?

Stan éteint le projecteur, range le matériel. Ne lui restera plus qu'à replacer discrètement la photo empruntée dans l'album de Lou. Un jour, elle lui a dit : « Moi, j'aime les souvenirs que l'on peut serrer entre le pouce et l'index. Pas une image numérique prise parmi mille autres, appelée à disparaître. »

Les souvenirs de Philippe le tuent.

Quittant le labo, Stan s'est senti profondément malheureux.

« Savez-vous le plus terrible ? L'incendie de la maison de l'adjudant a éclaté le jour anniversaire de son mariage : un 11 juin », lui avait révélé Hervé Peillon.

Il a appelé Monique Agostini et il lui a demandé si elle connaissait la date de la naissance d'Aurore. Elle la lui a donnée sans paraître s'étonner et, avant qu'il ne raccroche, elle a murmuré : « Vous me tiendrez au courant, n'est-ce pas ? » Ils se comprenaient.

Stan s'est procuré sur le net les dates des incendies ayant éclaté à Montsecret et dans les environs durant les trois dernières années. Il a gardé ceux des feux qui avaient sévi lors de mariages.

« La vie vous réserve parfois de drôles de surprises », avait remarqué l'ingénieur.

Trois de ces incendies avaient eu lieu à la date anniversaire du mariage de Philippe et d'Aurore.

Deux à celle de la naissance de celle-ci.

Un, à la date de sa mort.

Tous circonscrits par l'adjudant Châtenay.

Stan tenait sa preuve. Mais qui le croirait ?

TROISIÈME PARTIE

La mer à l'écoute

– 30 –

Le jeudi 21 mars, date de l'anniversaire de Lou, Stan lui a donné rendez vous dans « leur » café, celui où il l'avait invitée après avoir fait sa connaissance au marché des fruits et légumes de Montsecret. Il a commandé deux coupes de champagne et a glissé à son doigt un anneau d'or orné d'un cœur.

– Désormais, ce café s'appellera : « Le Café de la porte ouverte », a-t-il décrété.

Ignorant les regards envieux des infortunés qui ne boivent jamais de champagne à 5 heures de l'après-midi, Lou s'est jetée à son cou.

– Quelle porte ? a-t-elle demandé.

– Celle de la majorité, qui ouvre sur la liberté de la claquer au nez des empêcheurs de se réjouir en rond.

Et cette fois, elle l'a embrassé sur les lèvres.

– J'ignorais que j'aimais un détective poète.

– Arsène Lupin en personne.

Elle a ri. Ils ont trinqué. Pensant à d'autres anniversaires, ceux-là funèbres, le cœur de Stan s'est serré. Si Lou savait !

L'anneau était un peu étroit, plutôt que de le faire élargir, elle a décidé qu'elle le porterait à son doigt jusqu'à sa mort.
– Dis plutôt « toute ma vie », c'est plus joli, a objecté Stan.

Le dimanche 24 mars, avec trois jours de retard afin de réunir famille et amis, les 17 ans de Lou ont été fêtés à la longère, autour d'un buffet-déjeuner, servi dans le jardin, le soleil étant de la partie.

Stan avait tenté d'y échapper, prétextant une autre obligation. Mais Lou s'était mise en colère : il ne pouvait pas lui faire ce coup-là ! Et encore moins à sa mère qui comptait sur sa présence et ne comprendrait pas qu'il s'y soustraie. Il avait fini par céder en se promettant de n'y faire qu'une apparition.

Lorsqu'il est arrivé, vers midi trente, une quinzaine de personnes se pressaient autour du buffet. Quelques vieux parents d'Hélène et plusieurs amis du lycée de Lou en plus de Martin qui, à la surprise de Stan, lui a serré vigoureusement la main. De toute évidence, Lou avait suivi ses conseils, il s'en est réjoui : il aimait bien le gros garçon pataud, visiblement mal dans sa peau.

Lou l'a embrassé avec fougue avant de le présenter à tous. Philippe s'est approché, affichant un large sourire. Il a salué Stan en pointant le doigt vers l'anneau de sa filleule.

– Vous lui avez offert une ravissante bague !

– N'est-ce pas ! a renchéri Hélène en embrassant Stan à son tour.

Au soulagement de celui-ci, Philippe s'est éloigné.

Le buffet était abondant et délicieux. Les jeunes bourdonnaient autour, semblant apprécier particulièrement le champagne. Stan en a dégusté une coupe en compagnie du gentil

Grégoire qui lui a laissé entendre qu'il était au courant de ses sentiments pour Lou et en était heureux.

Un peu plus tard, curieux de voir le cadre dans lequel vivait Lou, il est entré dans le salon dont les portes-fenêtres donnaient sur le jardin. Un couple âgé, réfugié dans un canapé, lui a souri gentiment. Une photo, sur une commode, a attiré son regard. Il s'en est approché.

Près d'Hélène tendrement appuyée à son épaule, Louis, son mari, regardait au loin. Stan avait souvent vu le père de Lou dans les albums de celle-ci : un homme fin, au visage sensible, empreint de bienveillance. Sur cette photo, ce visage était plein de tristesse, de résignation ? Quand avait-elle été prise ?

Le vieux monsieur, se levant du canapé et le rejoignant, lui a donné la réponse.

– Notre Louis, peu de temps avant son foutu accident ! a-t-il grondé. Un homme si capable et compréhensif. Une grosse perte.

– Renversé par un chauffard ? s'est risqué Stan.

– Vous voulez dire un criminel ! s'est révolté son interlocuteur. Quand la moto l'a renversé, Louis marchait tranquillement sur le trottoir. On n'a jamais retrouvé le salopard, a-t-il ajouté avec indignation.

Les paroles de Monique Albertini, l'institutrice, évoquant le père de Lou sont revenues à la mémoire de Stan : « Un homme totalement lucide sur son frère. Il leur arrivait de se disputer gravement. » Mon Dieu…

– Si vous voulez bien, Lou vous attend pour souffler ses bougies, a lancé Philippe de la porte-fenêtre.

L'avait-il vu, penché sur la photo ? Stan a suivi le couple vers le buffet.

Dix-huit bougies – une de plus pour assurer ses avants – ornaient le fameux crumble aux pommes caramélisé, spécialité d'Hélène. Sous l'œil amusé de tous, Lou a pris une grande inspiration avant de les souffler. Une seule est restée allumée.

– Mariage dans l'année, a lancé Elsa, ravie, et tout le monde a applaudi.

La remise des cadeaux a commencé, tous groupés autour de l'héroïne du jour. Après avoir salué discrètement Hélène et Grégoire, Stan s'est dirigé vers le portail. Il n'avait plus qu'une idée en tête : rentrer chez lui, réfléchir aux paroles du vieux monsieur face à la photo de Louis. Certes, l'idée l'avait effleuré de voir la main de Philippe dans la mort de son petit frère, mais jusque-là il s'était toujours refusé à s'y attarder. Il y a des limites à la haine. Et au doute…

– Je vous raccompagne ? a demandé Philippe en surgissant à ses côtés.

Stan n'a pas répondu. « Nous y voilà », a-t-il pensé confusément.

– Mon fils m'a parlé de vous, a repris le parrain de Lou. Il m'a fait part des sentiments que vous éprouviez pour elle.

– Et cela vous soucie ?

– Pas tant que vous la tenez en dehors de vos élucubrations.

– Mes « élucubrations » ?

– Vous savez parfaitement de quoi je parle.

Ils y étaient bien !

Derrière eux, près du buffet, des rires ont retenti. Parmi eux, celui de Lou. Instinctivement, Stan a serré les poings.

– Ne pensez-vous pas qu'il serait dommage qu'elle ne puisse pas profiter de la jolie bague que vous lui avez offerte ?

La voix était dure, coupante, l'avertissement clair : « Je sais que vous savez. Prenez garde. » Il a reconnu la sombre détermination inscrite sur le visage dont il avait récemment étudié les traits. Comment avait-il pu plaindre cet homme ? Ne serait-ce qu'un instant ?

Ils arrivaient au portail. Avant de s'éloigner, Stan a planté son regard dans celui de son interlocuteur.

– Lou m'a appris quelque chose : quand le soldat du feu porte secours à quelqu'un en danger, ses premiers mots sont : « N'ayez pas peur, je suis là. » Que penseriez-vous d'un soldat qui renierait cette devise ?

L'adjudant n'a pas répondu.

Stan a compris que le moindre faux pas lui serait fatal.

– 31 –

C'est à contrecœur qu'il a passé le week-end de Pâques à Rouen. Il s'y était engagé et, dans sa famille, toute promesse était sacrée.

Il est arrivé le samedi matin à l'heure du déjeuner à « La Chêneraie », la maison de ses parents dans le jardin de laquelle, à chaque naissance, un chêne était planté : signe de durée. Comme toujours, il y avait deux services : celui des moins de 7 ans, pris sur la table de bois de la cuisine et celui des grands et des adultes dans la salle à manger.

Son couvert était mis, le rond de serviette à son prénom à côté. Durant le repas, ses deux frères aînés ne se sont pas privés de charrier « l'expatrié », sous le regard tendre de sa mère, Héloïse, et sérieux de Bernard, son père. Stan entendait encore la voix de ce dernier, dix-huit mois auparavant, lorsqu'il lui avait annoncé son intention de s'installer chez sa tante Odile à La Ferté-Macé et s'inscrire dans la toute nouvelle école de photographie.

– Non seulement, tu te lances dans de soi-disant études qui ne te mèneront à rien, mais tu t'apprêtes à dilapider l'héritage de ton parrain !

Son parrain, un vieil oncle original qu'il adorait, outre son métier de banquier, se proclamait « pianiste du dimanche ». Enfant, Stan pouvait passer des heures à l'écouter égrener Mozart ou Chopin. Il lui confiait ses rêves et ses misères, sans crainte de le voir se moquer de lui comme ses frères. Plus tard, se livrant avec lui à des parties acharnées de solitaire ou de rami, il avait compris que c'était le rebelle qu'Edmond aimait en lui.

Et voilà qu'après sa mort Stan s'était retrouvé hériter d'une fort coquette somme... grâce à laquelle il avait pu se lancer dans les études de son choix. D'où la réflexion de son père.

Cet après-midi de samedi de Pâques, les enfants ont organisé une partie de croquet dans le jardin. À demi allongé dans un transat à côté de sa mère, sous un soleil normand c'est-à-dire au bord des larmes, Stan tentait de se détendre. Difficile ! Les paroles de Philippe : « Il serait dommage que Lou ne profite pas de sa jolie bague », ne cessaient de tourner dans sa tête. Impossible que la menace s'adresse à Lou. Il avait donc traduit par : « Comment en profiterait-elle si par malheur vous n'étiez plus là ? » Et malgré sa décision d'effacer de sa mémoire, pour l'amour de Lou, la photo de Louis et le mot « criminel » prononcé par le vieux monsieur, évoquant celui qui l'avait renversé, il ne pouvait s'empêcher d'y penser. Aller jusqu'à tuer son propre frère ?

– Tu es bien songeur, a remarqué sa mère.

Et elle a ajouté tendrement :

– C'est elle ?

À Noël, Stan avait dit quelques mots de Lou à ses parents afin de les préparer à une future présentation, évitant de citer son jeune âge.

– Je crois que je l'aime, a-t-il répondu.

– J'ai hâte de la connaître.

Et il a eu l'impression que leurs deux prénoms s'inscrivaient quelque part dans le ciel : Héloïse, l'héroïne d'une des plus belles histoires d'amour jamais écrite, pour témoin.

Le dimanche de Pâques, après avoir assisté à la messe ainsi que l'ensemble de la famille, la traditionnelle chasse aux œufs en chocolat a eu lieu dans le jardin, sous le regard attentif des grandes personnes. Et là, c'est son père qui a surpris Stan. Alors qu'il lui demandait des nouvelles de sa sœur, Odile, Stan a remarqué :

– Même s'il lui arrive parfois de tenter de le cacher, elle a un cœur gros comme ça.

– Tenter de cacher son cœur, une tradition dans la famille, a répondu l'austère Bernard, mais creuse un peu et tu es sûr de le trouver.

Paroles assorties d'un clin d'œil complice : une première.

– 32 –

– Dès que tu rentres, on se voit, d'accord ? avait demandé Lou à Stan d'une voix tendue quand il l'avait jointe le dimanche de Pâques.

– Un souci ? s'était-il inquiété.

– Je te raconterai.

Il connaissait sa têtue : inutile d'insister ; on n'annonce pas les mauvaises nouvelles par téléphone, pire, par mail ! Et à son ton, celle qu'elle lui réservait l'était : Philippe ?

Afin d'éviter les embouteillages, Stan avait prévu de prendre la route mardi à l'aube, aussi avait-il donné rendez-vous à Lou dès 9 heures dans le fameux café de La Porte ouverte. Il rentrerait chez lui après.

Elle était déjà là quand il a pénétré dans l'établissement. Elle s'est levée, il l'a prise dans ses bras et ils se sont longuement embrassés. Il retrouvait avec délices cette odeur d'eau de toilette, à moins que ce ne soit celle du savon qu'elle employait, fraîche, vivifiante… « céladon » ?

Ils ont pris place côte à côte sur la banquette. Le garçon venait déjà prendre leur commande : une limonade pour Lou, un café pour lui. La première vague de clients – les « travailleurs » – était passée et Stan s'en est félicité, ils seraient plus tranquilles pour parler. Lou a attaqué sans attendre.

– C'est Martin. Ça ne va pas du tout. Faut qu'on l'aide.

Stan a dissimulé son soulagement. Martin, pas Philippe. Il n'a pu s'empêcher de caresser l'anneau-cœur au doigt de Lou. Pour le remercier ?

– Déjà, il boit comme un trou, a-t-elle poursuivi. En plus, il s'est mis au cannabis.

– Le cannabis ? Vraiment ?

– Il n'est pas le seul dans la classe. Le souci, c'est que les autres fument pour le fun, lui c'est pour oublier. Mais tu le verrais, les yeux de lapin russe, l'odeur, les grandes déclarations, la totale.

– Tu es bien savante.

Le garçon les a interrompus en posant leurs boissons sur la table. Lou a aussitôt avalé plusieurs gorgées de limonade.

– Oublier quoi, madame la psy ? a tenté de plaisanter Stan.

– Sa mère, Aurore. Même s'il en parle jamais, comment veux-tu qu'elle lui manque pas.

Et voilà ! Il s'agissait bien de Philippe. Philippe, Aurore, Martin. Stan s'était souvent demandé comment se passaient les tête-à-tête entre le père et le fils. Quand bien même il était évident que Martin admirait et aimait le sien. « Il n'a d'yeux que pour lui », avait remarqué Lou le jour de l'incendie à l'Auberge. Pour autant, la cohabitation ne devait pas être évidente. « Pourvu que Martin n'apprenne jamais », a pensé Stan confusément.

Il est revenu à Lou.

– Et, à ton avis, pourquoi évite-t-il de parler de sa mère ?

– Soit Philippe le lui interdit, soit ça lui fait trop mal. Ou les deux.

Un couple est entré, cheveux gris, la soixantaine. La femme a adressé un signe de tête à Lou – tout le monde se connaît à Montsecret –, Lou a répondu par un sourire contraint. Le couple s'est installé plus loin. Elle a pris la main de Stan et l'a regardé d'un air suppliant.

– C'est pour ça que tu n'as pas le choix. Tu DOIS accepter l'invitation de Martin à venir goûter chez lui jeudi prochain : chocolat chaud-brioche.

Il a eu un sursaut.

– Chez Martin ? Philippe est d'accord ?

– Il n'a pas l'intention de le lui dire.

– Et imagine qu'il l'apprenne ?

– Impossible. Il déjeune à Bagnoles-de-l'Orne avec le préfet. Tu sais qu'ils sont copains. Et après, ils ont une réunion à propos de je ne sais plus quoi. Il ne sera pas rentré avant 6 heures du soir.

Stan n'a pas répondu. Il revoyait le visage de Philippe, lui lançant son avertissement à la barrière de la longère : « Il serait dommage que Lou ne puisse pas profiter de sa jolie bague. »

– Alors ? s'est-elle impatientée.

Il a repris sa main.

– Et si on proposait à Martin de se rencontrer ailleurs ? Pourquoi pas dans la meilleure pâtisserie de La Ferté ? Tiens, je vous invite.

– Mais tu n'as donc rien compris ? C'est CHEZ LUI que Martin veut que ça se passe. C'est sa façon de nous dire qu'on compte vraiment pour lui.

Un signal d'alarme s'est déclenché dans la tête de Stan : « N'y va pas. »

– Juste une heure, de 4 à 5. Si tu le fais pas pour lui, fais-le pour moi.

Il a cédé.

– 33 –

Il était arrivé à Stan de passer devant l'immeuble où Philippe s'était installé avec Martin après l'incendie de leur maison : un immeuble de deux étages sans âme, sans voix, au bout du village. Mais bien sûr il n'y avait jamais été invité.

Lou lui avait dit n'y être allée elle-même qu'une seule fois, avec sa mère, peu après l'emménagement de son parrain. L'endroit leur avait paru tellement sinistre, surtout après la belle demeure avec jardin où Philippe vivait avec Aurore, qu'Hélène lui avait donné les clés de la longère en lui déclarant que désormais il y serait chez lui. Invitation dont Philippe ne s'était pas privé de profiter, prenant le jardin en charge en guise de remerciement.

Ce jeudi, Stan a laissé sa moto devant la maison de Lou et ils ont traversé le village à pied pour se rendre à l'invitation de Martin. Depuis qu'il avait accepté celle-ci, Stan se sentait mal à l'aise. Il avait, à plusieurs reprises, été sur le point d'annuler. Deviendrait-il froussard ? Il savait seulement que si Philippe découvrait qu'il était venu chez lui ça le rendrait fou furieux

– l'expression convenait. C'était finalement l'assurance de n'y rester qu'une heure qui l'avait amené à céder.

Arrivés au pied du bâtiment, Lou a pianoté sur le clavier de l'interphone, son cousin lui a ouvert et ils se sont engagés dans l'escalier. Silence dans l'appartement du premier : occupé par qui ? Penché sur la balustrade, Martin les regardait monter. Il les a embrassés tous les deux avant de refermer la porte : une porte solidement blindée, a remarqué Stan.

Ils se trouvaient dans un spacieux salon-bar-cuisine dont les deux fenêtres ouvraient sur le mur aveugle d'une ancienne biscuiterie. Martin les a conduits à la cuisine où flottait une légère odeur de cannabis. Lou ne s'était pas trompée. Il avait tout préparé avec soin sur le bar : poudre de chocolat, brioche découpée dans une fine assiette et, sur la gazinière, du lait dans une casserole. Devant son air fier, Stan et Lou ont applaudi. Ils se sont juchés sur les tabourets et Lou s'est chargée du service. Stan a consulté sa montre. « De 4 à 5 », avait promis Lou : 16 h 10, ça allait.

Tout en tournant sa cuillère dans son bol et s'efforçant de déguster la brioche, Stan regardait autour de lui. Rien de personnel dans ce salon : un canapé, une table basse sur laquelle était posé un ordinateur, deux chaises et un poste de télévision datant de Mathusalem. Aux murs, pour toute décoration, le diplôme reçu des mains du préfet par Philippe en même temps que sa médaille d'honneur – préfet auprès duquel il se trouvait actuellement – et les deux diplômes de sapeurs-pompiers du père et du fils. Aucun bibelot, aucune photo ni objet évoquant la présence d'une femme. Un ordre… militaire ! Une porte ouverte donnait sur le couloir.

Les cousins discutaient du lycée, leurs professeurs, leurs futurs examens, le bac à l'horizon. Et après ? Raisonnable, Lou n'avait pas encore décidé : l'enseignement peut-être, prof de français ?

– Moi, ça sera comme Jocelyn, l'équitation, a soudain lancé Martin avec enthousiasme.

Et, devant l'étonnement de Lou et de Stan, il a ajouté :

– Bien sûr, il faudra que je fonde un peu.

– Fondre pour fonder, a remarqué joliment Lou.

– Avec un tel but, nul doute que tu y parviendras, a approuvé Stan.

Tout heureux, Martin les a remerciés des yeux.

16 h 35, Stan se détendait. Il a eu envie de faire plaisir au gentil garçon.

– Sais-tu ce que l'on dit ? Si on veut vraiment connaître quelqu'un, il faut aller dans sa chambre. Nous ferais-tu l'honneur de nous montrer la tienne ?

Le plaisir a rougi un peu plus les joues de Martin. Lou a adressé à Stan un sourire de reconnaissance. Ils ont quitté leurs tabourets et sont passés dans le couloir. Martin a poussé la porte.

– 34 –

La fenêtre était grande ouverte : pour dissiper l'odeur du cannabis ? Comment Philippe aurait-il pu ignorer que son fils fumait ? L'idée est venue à Stan qu'il s'en foutait ; d'autres chats à fouetter.

Des posters de chanteurs, allant des Beatles à Stromaé, recouvraient presque la totalité des murs. Sur une étagère, des bandes dessinées, autour d'un lecteur ; une pile de CD. De la couleur, du rêve, de l'évasion. À part ça, un désordre noir, des chaussures partout sur le sol, un lit défait, une montagne de poussière. Arrivait-il que le ménage soit fait dans l'appartement-coffre-fort ?

Un sourire aux lèvres, Martin attendait.

– Un sacré beau foutoir, s'est amusée Lou. J'achète.

– Voyage-voyage, a chantonné Stan en posant la main sur l'épaule du gros garçon ravi.

Au-dessus du lit, couvert d'un fouillis de vêtements, quelques photos représentaient Martin et son père en tenue de pompier. On y trouvait également Hélène et Lou, prenant le soleil dans le jardin de la longère, Lou esquissant le V de la Victoire, d'autres. La question est venue spontanément à Stan.

– Pas de photos de ta mère ?

Lou s'est raidie. Sur le visage de Martin, un mélange de douleur et de colère se sont inscrits.

– Pardonne moi, a dit Stan.

Sans un mot, Martin a ouvert un tiroir, il en a sorti une clé qu'il a brandie.

– Je l'ai piquée à l'autre un jour où il avait la crève pour en faire un double. S'il l'apprend, je suis mort.

« L'autre » ?

D'un pas décidé, Martin a quitté sa chambre et, suivi par ses amis, il a ouvert cette fois la porte du fond. Volets et rideaux étaient fermés. Il a allumé.

Aurore était partout : sur les murs, les meubles, les deux tables de nuit. Fine, radieuse, irrésistible. La jeune fille souriante, la mariée au bras de Philippe, la mère avec ses enfants, la femme inquiète, triste, apeurée.

Quelques autres clichés représentaient un homme aux cheveux gris, courbé, vaincu : le père de Philippe ? Aucune photo de sa mère. À part ça, un lit fait au carré, tout impeccablement rangé, pas un gramme de poussière. Un mausolée parfaitement entretenu.

– Maman ! a annoncé Martin avec un geste large, et Lou a pris sa main.

C'est alors que le pire est arrivé : une porte a claqué, un pas lourd a retenti, Philippe est apparu.

Sans un mot, il les a regardés tour à tour. Puis, du doigt, il leur a désigné la porte. Ils ont quitté les lieux.

Stan a compris qu'il venait de franchir le pas impardonnable.

– 35 –

Ma grand-mère, que j'aimais tendrement, celle qui m'avait confié un jour, en me montrant une photo des deux frères, que papa était le plus fragile, parlait souvent de « simplicité biblique ». J'avais demandé à maman de m'expliquer ce qu'elle voulait dire par là.

– Que la vie se partage en deux camps : le bien et le mal, les bons et les méchants, le noir et le blanc.

Nous avions ri.

Me retrouvant complètement out, sur le trottoir avec Stan et Martin après nous être fait jeter par Philippe, je n'avais plus du tout envie de rire. Non, grand-mère, le monde n'est pas si simple. Entre le noir et le blanc il y a toutes les couleurs de l'arc-en-ciel. On peut être à la fois bon et méchant et le mal se niche parfois dans le bien.

La clé toujours dans sa main, Martin pleurait. Qu'avait-il dit déjà en nous racontant comment il se l'était procurée ? « Si l'autre l'apprend, je suis mort. » Stan et moi l'avons entouré, nous lui avons tous les deux proposé de l'héberger chez nous tout le temps qu'il faudrait. Il a refusé.

– Je connais papa. Dans une heure, il sera calmé. Qui sait s'il ne regrettera pas ? Je suis quand même son fils !

Et, dans sa voix, cette espèce de rire-sanglot montrait bien que, malgré tout, il aimait son père et que c'était pour le lui dire qu'il s'était engagé dans les soldats du feu.

17 h 30. Que s'était-il passé à Bagnoles pour que Philippe rentre si tôt ? Avait-il senti que nous pénétrerions dans la chambre-mausolée ? Grand-mère croyait aux prémonitions, au bon et au mauvais œil, au sixième sens, pas moi.

Avant de rentrer chez lui, Martin a souhaité marcher un moment et nous avons quitté le village, direction Clairefougère. Il pleuvinait, parfait ! La pluie est plus apaisante que le soleil : une caresse mouillée du ciel. Regardant le visage douloureux de mon cousin, je comprenais mieux pourquoi il buvait trop et prenait tous ces kilos : l'absence de sa mère, l'interdiction d'entrer dans la chambre de « l'autre », l'insupportable mélange d'amour et de rancœur qu'il devait éprouver pour son père. Je comprenais aussi son attitude avec Jocelyn, son frère de souffrance.

Quand il a sorti un pétard de sa poche, Stan et moi avons fait comme si de rien n'était. J'avais tout simplement envie de lui dire que je l'aimais.

Stan gardait le silence, le visage fermé. Comme je le comprenais lui aussi ! Ne l'avais-je pas obligé à venir ici ? Allant même jusqu'au chantage : « Fais-le pour moi. »

Quand nous nous sommes retrouvés en bas de chez lui, Martin a désigné la fenêtre de sa chambre.

– À dans cinq minutes… Si je m'en tire entier.

Et bien sûr, il a ri.

N'empêche que les dix minutes passées les yeux levés, l'angoisse au ventre, m'ont semblé durer une éternité. Stan, lui, serrait les poings.

Alors qu'il me raccompagnait à la longère, je lui ai demandé de me pardonner. Il a entouré mes épaules de son bras sans répondre.

Tout le rez-de-chaussé de la maison était éclairé et ça m'a fait chaud. Je lui ai proposé d'entrer boire un verre. Quand il a refusé, je n'ai pas pu m'empêcher d'être soulagée. Je n'avais qu'une envie, un besoin, une nécessité : être seule, réfléchir.

Il m'a serrée contre lui et il est parti.

– 36 –

Grégoire n'était pas là. Aucune trace d'Elsa : vacances-vacances. Maman s'activait dans la cuisine.

– Tout va, ma fille ?

Je lui ai appris que je ne dînerais pas, j'avais mal au cœur, quelque chose n'avait pas dû passer, en un sens, c'était vrai. Elle s'est contentée de m'embrasser sur le front pour voir s'il était chaud comme quand j'étais petite et, sentant poindre les larmes, je suis vite montée dans ma chambre. J'ai commis l'erreur, après avoir envoyé valdinguer mes chaussures, de m'étendre sur mon lit. Terrassée par l'émotion, je suis tombée dans les vapes, l'oubli.

On dit que la nuit porte conseil. Quand je me suis réveillée, les choses m'ont semblé plus claires, presque évidentes. Depuis des semaines, des mois, malgré les nombreux avertissements de Stan, je refusais de voir la face sombre de celui que j'avais toujours aimé et admiré : mon parrain, un peu mon père de substitution. La preuve qu'il pouvait se montrer brutal, injuste et même cruel m'avait été donnée hier. En mettant tout sur le compte de son enfance pourrie, je me bouchais les yeux. Papa ne s'en était-il pas tiré, lui ? Désormais j'écouterais Stan, je suivrais ses avis.

Sans pour autant renier Philippe, le rayer de ma vie. Efface-t-on d'un revers de manche celui qui, presque quotidiennement, s'est tenu à vos côtés depuis votre plus tendre enfance ? Ce serait comme jeter au feu mon uniforme de pompière revêtu grâce à lui, pour lui. Je continuerais à l'aimer mais sans plus lui chercher d'excuses, les yeux grands ouverts. Ah, une dernière chose ! Bien sûr, je tiendrais maman en dehors de tout ça : inutile de la faire souffrir.

7 heures, debout ! Pas besoin de m'habiller, je l'étais déjà. J'ai passé un peu d'eau sur mon visage et changé de haut puis je suis descendue à la cuisine sur la pointe des pieds en espérant ne réveiller personne. J'avais à peine sorti mon bol et mis la bouilloire en route que maman débarquait : l'oreille fine des mères ?

– Alors, ces maux de cœur ?

– Mieux.

Elle a désigné le toaster :

– Combien de tartines ?

– Deux.

Soudain, j'avais faim. Rien avalé depuis le goûter empoisonné. Maman a disposé sur la table beurre, miel et confitures. Ça sentait bon le pain grillé, la maison retrouvée.

– Et Grégoire ? Il n'est pas là ? ai-je demandé.

– Il n'est pas là mais, comme tu le sais, nous partons ce soir à Houlgate après avoir déposé Elsa chez une amie. Il viendra me chercher en fin d'après-midi.

Elle a bu une gorgée de café. J'ai entamé ma tartine beurrée-confiturée. Houlgate, la petite station balnéaire en Basse-Normandie où Grégoire était né : son berceau. Même s'il n'y avait plus de famille, il s'y rendait régulièrement. Je me suis entendue demander :

– Vous m'emmenez ?

– Pourquoi pas ? a répondu maman le plus calmement du monde. Il faudra seulement que j'appelle Grégoire pour qu'il réserve une chambre de plus à l'hôtel.

– Et s'il n'y en a pas ?

– On te prendra dans la nôtre.

– Tu vois, j'aimerais mieux pas.

On a ri et maman m'a rassurée : le patron était un ami de Grégoire, il s'arrangerait.

– Et ça va pas l'embêter, Grégoire, que je me rajoute ?

– Oh ! la la, si ! Il va en faire une maladie. Mais comme il est médecin…

J'ai dévoré une tartine de plus.

Me restait à avertir Stan de mon « lâchage ». Il a très bien compris, lui-même éprouvant le besoin de s'aérer. Il connaissait Houlgate, on trouvait sur la plage de très beaux coquillages fossiles. Pourrais-je lui en rapporter un ? En m'assurant, bien sûr, qu'on y entendait la mer.

J'ai promis.

Pas un seul commentaire sur la journée d'hier.

– 37 –

Entre Cabourg et Deauville, belles dames richement parées que l'on venait admirer de loin, Houlgate égrenait tranquillement ses maisons sœurs le long de la digue où s'alignaient les cabines de bain orange et bleu, de ceux qui autrefois venaient là pour y prendre les eaux. Parmi eux, Émile Zola, Camille Saint-Saens, Claude Debussy, dont il arrivait qu'on entende les arpèges portés par le vent. Marcel Proust, lui, avait préféré Cabourg et son Grand Hôtel pour y soigner ses humeurs.

Houlgate, c'était aussi ces villas barrées de brun, aux toits ornementés, aux volets percés de cœurs, nichées autour de l'église ou perchées sur les collines avoisinantes. Et il était rare que, dans leurs jardins, clos de barrières blanches, ne s'épanouisse pas un saule, ne pavoise pas un pommier.

Ils étaient en fleurs et il pleuvait sur les saules quand Grégoire a arrêté son carrosse devant l'Auberge-Hôtel-Crêperie, donnant sur le port, où nous passerions deux nuits… dans deux chambres différentes.

Nous y avions déposé nos sacs avant de descendre dans la salle à manger, pleine d'un brouhaha joyeux. Le patron

– un druide barbu à souhait –, tablier blanc jusqu'au sol, est venu saluer Grégoire et maman. Je lui ai été présentée. Il m'a conseillé de prendre une « galette complète » : œuf, jambon, fromage. Maman et Grégoire ont suivi. Tout en les dégustant, nous pouvions voir la mer bercer les bateaux. Au loin, ces lumières clignotantes étaient celles du Havre, annonçant du beau temps pour demain.

Grégoire avait commandé du cidre. Quelques gorgées et ma tête tournait. Tant pis ! Ça berçait ma peine. Pour dessert, nous avons choisi des tartelettes aux pommes, coiffées d'une glace vanille, et quand le carillon de la haute horloge en bois a sonné dix coups, nous sommes montés dans nos chambres.

– Demain, la fête ! m'a promis Grégoire en m'embrassant.

J'ai pris cette fois le temps de me déshabiller et, après une brève toilette, sitôt la tête sur l'oreiller, je me suis endormie au chant de la pluie.

Samedi, soleil – merci, Le Havre ! Nous nous sommes baladés à Dives, village voisin d'Houlgate d'où Guillaume le Conquérant était parti à la conquête de l'Angleterre. Sur les étals des pêcheurs, soles, carrelets, tourteaux et moules bien entendu. Elles étaient au menu du bouiboui voisin où nous les avons dégustées à la sauce camembert, spécialité du coin.

L'une des curiosités d'Houlgate s'appelle les Vaches Noires. Il s'agit de hautes falaises en forme de ruminants, couvertes d'algues sombres, que les marins prenaient autrefois comme points de repère.

Après le déjeuner, nous avons retiré nos chaussures, relevé le bas de nos pantalons et sommes partis dans leur direction : une longue promenade sur le sable mouillé.

Maman en a profité pour aborder mes « maux de cœur » de la veille. Elle l'a fait le plus simplement du monde.

– Si tu nous parlais de ce qui t'arrive, ma chérie ?

Le regard tendre de Grégoire m'encourageait. Comment me taire alors que ces simples mots faisaient monter des larmes qui me trahissaient ? J'ai laissé passer quelque secondes avant de résumer à ma façon.

– Hier, Martin nous avait invités, Stan et moi, chez lui. Il nous a fait visiter son appart et même la chambre de son père, pleine de photos d'Aurore. Philippe nous y a surpris, ça l'a mis dans une colère noire et il nous a flanqués à la porte.

Et j'ai ajouté misérablement :

– J'ai peur qu'on soit brouillés.

– Mais comment avez-vous pu faire ça ? s'est indignée maman. Violer l'intimité de Philippe ? Ne t'avais-je pas avertie que le sujet d'Aurore était ultra sensible ? Et il a fallu que vous rouvriez la blessure !

Il est rare que maman se mette en colère, emploie un tel langage : « violer l'intimité ». J'ai regretté de lui avoir parlé. Grégoire s'est approché : « Ça va aller », m'a-t-il murmuré. Oh, mon Grégoire ! Nous avons marché un moment en silence. Des enfants couraient le long de la mer, criant et s'éclaboussant, faisant s'envoler les mouettes dans de grands bruits d'ailes. J'aurais voulu être l'un d'eux, l'une de ces mouettes.

– Bien ! s'est décidée maman un peu plus tard. Pardonne-moi de m'être emportée mais tu sais combien je suis attachée à ton parrain. Si ça peut te rassurer, je suis certaine qu'il t'aime trop pour t'en vouloir longtemps. Vous vous retrouverez très vite.

Et elle a ajouté :

– Veux-tu que je lui parle ?

– Oh non, surtout pas ! me suis-je exclamée. Si quelqu'un doit le faire, ce sera moi.

– D'accord, d'accord ! m'a calmée maman, surprise par ma réaction. Mais dorénavant, essaie de réfléchir avant de faire ce genre de bêtise.

Une « bêtise »… maman me parlait comme à une gamine. Et après tout, je l'avais bien mérité. Même Stan aurait été d'accord. Me souvenant de ma promesse, j'ai ramassé au bord de la falaise un coquillage-escargot jaunâtre, comme recouvert de verrues : mille ans. Je l'ai porté à mon oreille.

– Et si la mer m'était contée, a souri Grégoire.

Dimanche, nous avons fait un saut à Honfleur où tant d'artistes étaient venus chercher la lumière particulière de la Normandie, née des épousailles de la mer, de la terre, du ciel. Il y avait une exposition au musée Eugène-Boudin, nous nous y sommes rendus.

Gustave Courbet, Raoul Dufy, Claude Monet y figuraient. Ils avaient peint des bateaux, des couchers et des levers de soleil, de belles dames pique-niquant sur l'herbe, un soir de tempête, un petit matin glacé. Les couleurs étaient tantôt légères, transparentes, tantôt sombres, sans pitié. J'y entendais un appel lointain, j'aurais tant voulu que Stan soit là pour m'expliquer, lui qui m'avait affirmé un jour que le photographe, comme le peintre, doit savoir saisir la vie, l'instant, et en révéler aux autres le message caché.

Plus tard, repassant par l'Auberge pour y prendre nos sacs et dire au revoir au patron, je me suis promis d'y revenir avec lui lorsque les choses se seraient apaisées. Pourquoi pas dans la chambre, le lit, où j'avais tant rêvé d'être dans ses bras ?

Quoi qu'il en soit, de retour de cette brève équipée, je me sentais mieux. Rien de tel que la mer pour vous apprendre la patience.

– 38 –

Surprise ! Sitôt arrivé à Montsecret, Stan me kidnappe, m'enlève sur sa moto, m'embarque chez lui, dans sa chambre, sur son lit. Chut ! La tante Odile rôde dans les parages.

Il rit en m'embrassant, il me reproche de lui avoir manqué, tellement ! Il veut tout savoir sur mon séjour à Houlgate : l'Auberge, maman, Grégoire, les Vaches Noires, les moules sauce camembert, Honfleur et le musée Eugène-Boudin.

À peine me laisse-t-il le temps de répondre. Chez lui, c'est la grande marée des mots, on dirait qu'il ne peut plus s'arrêter. Je profite d'une accalmie pour lui tendre l'escargot fossile. Il l'écoute, les yeux fermés :

– D'où viens-tu ? Qui t'a habité ? Que me racontes-tu ?

J'ai enfin droit à la parole.

Je lui apprends que ces deux jours à la mer m'ont fait du bien. Ce n'est pas encore la forme olympique mais j'y vois plus clair. Mon regard sur Philippe a définitivement changé. J'ai compris qu'il pouvait se laisser emporter par des colères qui le rendaient sourd et aveugle aux autres, parfois même cruel. Désormais, je ne lui chercherai plus d'excuses, j'écouterai les conseils de Stan.

Tout ce que je lui demande est d'accepter que je continue à l'aimer malgré tout.

Il ne répond pas.

Au trop-plein de mots, le silence a succédé. Un drôle de silence qui me met mal à l'aise. Comme s'il s'interdisait de parler. Que craint-il ?

Je lui avoue que j'ai raconté à maman notre intrusion dans la chambre de Philippe. Qu'après m'avoir passé un savon elle m'a conseillé d'attendre que les choses se calment, de me montrer patiente, moi qui le suis si peu. Quand j'ajoute que j'ai refusé sa proposition de plaider ma cause auprès de Philippe, il a la même réaction que moi : surtout pas ! Le moins de gens seront au courant… À ce propos, il m'annonce qu'il a décidé d'arrêter provisoirement ses recherches sur l'incendiaire : inutile de jeter de l'huile sur le feu. Et là, j'ai du mal à le suivre : avoir un but commun, ne serait-ce pas le meilleur moyen de renouer ?

Et voilà qu'il me prend à nouveau dans ses bras. Il m'y serre comme s'il craignait que je ne lui échappe. À ses baisers succèdent des caresses trop poussées. Un comble, c'est moi qui me dérobe. Pas maintenant, Stan, pas de cette façon, plus tard, quand les choses se seront tassées, la situation apaisée. Pourquoi pas à l'Auberge-Hôtel-Crêperie où tu m'as tant manqué ? Et bien sûr il est partant.

– Mais, en attendant, ma Lou, pas d'imprudence, tiens-toi le plus possible à l'écart de Philippe. Au cas où tu le rencontrerais, profil bas ! Et surtout, aucune allusion à ce qui s'est passé. Attention !

Je ne le reconnais pas.

Où est le vaillant, l'entreprenant, le rebelle que j'aimais ? Qu'est devenu le garçon plein de fougue, prêt à affronter les coups, les rendre s'il le faut ? Il ne parle que de sagesse, modération, discrétion. Marée basse, pas de remous, tous aux abris.

Je me détache de ses bras, descends du lit, me rafistole à la hâte. Peut-il me ramener à la maison ? J'y ai tout laissé en plan, demain, c'est la rentrée, mille choses à faire, maman m'attend... N'importe quoi.

Il ne cherche pas à me retenir.

Avant de quitter la chambre, je désigne le secrétaire au tiroir secret.

– Et ce testament ?

Il a un geste vague :

– Oh ça...

Dans le salon, assise sur le canapé, lunettes sur le nez, sa tante lit. Je m'approche.

– Au revoir, madame.

Elle lève la tête, retire ses lunettes, esquisse un sourire.

– S'il vous plaît, ma petite, plus de « madame » : Odile ! « Tante Odile », si vous préférez.

J'ai envie de l'embrasser. A-t-elle senti comme moi que quelque chose clochait dans le comportement de Stan ? Tente-t-elle de se rapprocher ? Je la remercie des yeux.

Stan n'a pas prononcé un mot jusqu'à la longère. Arrivés à destination, il a fait quelques pas avec moi vers la maison, la regardant intensément comme s'il voulait la graver dans sa mémoire. Avant de m'embrasser comme pour me faire ses adieux.

Quand je comprendrai, il sera trop tard.

QUATRIÈME PARTIE

Le tiroir secret

– 39 –

Ce jeudi de début mai, temps radieux, odeurs de printemps, rallumant mon portable en sortant du lycée, j'ai trouvé un message vocal, numéro inconnu. Il m'avait été envoyé à 15 heures, il en était 17. La voix, féminine, me disait quelque chose. J'ai appuyé sur « rappel ».

– Lou ?

Bien sûr, Odile ! J'ignorais qu'elle avait mon numéro.

– Pouvez-vous venir maintenant, Lou, c'est important, m'a-t-elle demandé d'une voix altérée.

D'un seul coup, la peur m'est tombée dessus.

– Il est arrivé quelque chose à Stan ?

– Je vous expliquerai ça, je vous attends.

Elle a raccroché.

En une seconde, j'étais en eau : Stan malade ? Stan, un accident ? Vite, qui pour m'emmener à La Ferté ?

Devant le lycée, Martin faisait le pitre avec les copains. Lui ? Mais avec quelle voiture ? Grégoire ? Il devait être en plein boum à son spa et, de toute façon, le temps qu'il vienne me chercher et qu'on arrive là-bas, ce serait bien trop long. Un nom s'est imposé à moi : Jocelyn. J'ai poussé mon vélo et tourné dans une ruelle pour éviter que Martin ne rapplique et je l'ai appelé. Il a répondu tout de suite.

– Lou ?

– Jocelyn, il est arrivé quelque chose à Stan. Peux-tu me conduire à La Ferté ?

Ma voix était pleine de gravier.

– T'es où ? a-t-il demandé.

– Près du lycée.

– J'arrive.

Martin et les autres s'étaient dispersés. D'un doigt tremblant, j'ai formé le numéro de Stan : sur répondeur. Qu'avais-je espéré ? Je me suis rapprochée du lycée. J'éprouvais un sentiment d'irréalité. Ici, dans ce bâtiment, il n'y avait pas trente minutes, le prof de français nous parlait d'Apollinaire et de Camus, au programme du bac. J'adore Camus, j'étais aux anges…

La fourgonnette de Jocelyn, au nom de son haras, a débouché sur la place. Arrivé à ma hauteur, il en a sauté, il a attrapé mon vélo et l'a casé à l'arrière. J'étais déjà assise à la place du… chut ! Il a démarré.

– Alors, ma Lou, qu'est-ce qui se passe ?

« Ma » Lou. Les larmes montaient : non !

– Je viens d'avoir la tante de Stan. Elle m'a demandé de venir tout de suite. Quand j'ai voulu en savoir plus, elle a raccroché. J'ai peur, Jocelyn.

Il a posé une seconde sa main sur la mienne.

– Et si on attendait d'en savoir plus pour galérer ?

« On ». « Nous »… Jocelyn aimait bien Stan. Ses recherches sur l'incendiaire à l'aide de la morphopsychologie l'amusaient.

De son côté, lorsque Stan avait voulu en savoir plus sur l'incendie miracle qui avait permis à Pierrot de sortir de prison, c'était à Jocelyn qu'il s'était adressé.

Il conduisait bien, sûrement, sans à-coups. J'ai remarqué qu'il portait ses bottes de cavalier et ça m'a ramenée à Martin dont le but était de travailler avec lui dans son haras. Martin ! Il devait m'en vouloir d'être partie sans lui dire au revoir. Je l'appellerai ce soir quand je serai rassurée, je lui raconterai ma peur, il me rira au nez…

J'ai tenté de me concentrer sur le paysage : mai. Partout la renaissance, partout la vie. J'étais reconnaissante à Jocelyn de garder le silence. C'est ça, les amis. Ils savent quand il est urgent de se taire.

18 heures sonnaient à l'église Notre-Dame lorsque nous sommes arrivés à destination. Jocelyn n'a pas eu de mal à se garer. Arrivés au bas de l'immeuble je lui ai demandé de monter avec moi chez Odile – « tante Odile », comme elle m'avait engagée à l'appeler la dernière fois que nous nous étions vues.

– Bien sûr, a-t-il répondu.

Même si elle s'efforçait de cacher son angoisse, son visage tendu la trahissait. Elle n'a pas semblé étonnée de me voir accompagnée. Sans prononcer un mot, elle nous a précédés au salon et elle a attendu que nous soyons assis pour s'expliquer. À peine si je parvenais à respirer.

– On a retrouvé Stanislas sans connaissance sur la chaussée pas très loin d'ici. Il a été transporté aux urgences du centre hospitalier de Caen.

– Il va mourir ?

Je n'avais pu retenir mon cri.

– Ne dites pas de bêtises, ma petite. Tout ce que je sais, c'est qu'on l'a placé en coma artificiel afin de pouvoir le soigner sans qu'il souffre.

Même si je savais que sous « artificiel » tous les espoirs demeuraient, le mot m'a terrassée.

– C'est l'adjudant Philippe Châtenay qui m'a porté la mauvaise nouvelle, a-t-elle poursuivi. Votre oncle, Lou, je crois ?

Philippe ? Philippe était venu ici ? L'incrédulité m'a laissée sans voix. Comment avait-il su ? Jocelyn semblait aussi perdu que moi.

– Il a profité de son passage pour prendre le sac de toilette de Stanislas et ses papiers d'assurance, a terminé Odile.

– Est-il allé dans sa chambre ? me suis-je entendue demander d'une voix blanche.

– Pour chercher les papiers.

Je me suis levée.

– Me permettez-vous d'y faire un tour ?

– Allez, vous connaissez le chemin, a répondu Odile tandis que Jocelyn ouvrait de grands yeux.

Je me suis efforcée de marcher calmement et j'ai refermé la porte sur moi.

Le lit était à peu près fait. Sur la table de nuit, à côté du réveil lumineux, le coquillage-escargot. L'image de Stan, l'appliquant à son oreille, m'a déchirée. « D'où viens-tu ?, Qui t'a habité ? » Nous ne nous étions pas revus depuis ce matin-là où son attitude frileuse, trop sage, trop prudente, m'avait exaspérée. Je lui en avais voulu...

Je me suis tournée vers le secrétaire et j'en ai ouvert le battant. Ces papiers en désordre, comme si quelqu'un l'avait fouillé, étaient-ils là lorsque Stan l'avait ouvert pour moi ? J'ai soulevé la plaquette en bois qui dissimulait la cache. Une petite enveloppe s'y trouvait. Je l'ai glissée dans ma poche avant de remettre la plaquette en place et refermer le meuble.

Dans le salon, Odile et Jocelyn discutaient devant une carafe d'eau. Odile m'a tendu un verre plein. J'avais la bouche comme du carton. Je l'ai presque vidé. Elle m'a souri.

– Je disais à votre ami qu'après le départ de votre oncle j'avais appelé les parents de Stanislas. Ils doivent être à ses côtés. J'en attends des nouvelles.

– Vous me tiendrez au courant ? ai-je imploré.

– Mais bien sûr, ma petite.

La seconde fois qu'elle m'appelait ainsi, merci ! J'ai regardé ma montre : 18 h 30.

– Est-ce que je peux téléphoner à ma mère ? Elle doit s'inquiéter.

– Faites.

Je me suis éloignée et j'ai formé le numéro de la maison. Maman a décroché tout de suite. Je ne lui ai pas laissé le temps de parler.

– Est-ce que Grégoire est là ?

– Il ne vient pas ce soir.

– Et moi, je risque d'être en retard, bisous, maman.

J'ai raccroché.

Même l'oreille la plus fine des mères n'aurait pu comprendre ce que j'éprouvais à cet instant.

– 40 –

– Comment te sens-tu ? demande Jocelyn.

– C'est le mot « coma », il me ronge.

– Tu te souviens de l'accident de Marie-Sophie ? Elle aussi avait été placée en coma artificiel. Et aujourd'hui, elle se porte comme un charme.

– Combien de temps y est-elle restée ?

– Presque un mois. Rappelle-toi, elle était cassée de partout.

Je revois les larmes de Jocelyn ce matin-là. Je l'entends supplier qu'on le laisse monter dans l'ambulance avec sa petite sœur : oui, « cassée de partout ». Allez, Lou, du cran !

Nous roulons cette fois direction Bagnoles-de-l'Orne. N'étaient les travaux sur la route, nous y serions déjà. Je serre mon portable dans ma main : vite, Grégoire, appelle ! Je lui ai laissé un message SOS, je le connais, à la seconde où il l'aura, il le fera.

« Ayez confiance, Lou », m'a recommandé Odile au moment de nous quitter, et elle m'a embrassée : une première. Odile : tante Courage ? Ah, l'enveloppe, je l'avais oubliée. Sans me soucier de Jocelyn, je la sors de ma poche. Elle contient une feuille de papier, mes doigts tremblent en la dépliant.

Trois dates y sont inscrites : 15 janvier, 14 avril, 11 juin. Pas d'années. Des petites croix sous chacune. Ça veut dire quoi, cette histoire de fous ? Le 14 avril me dit quelque chose. Alors que je cogite, mon portable se manifeste : Grégoire, enfin ! C'est comme une main qui se tend dans le brouillard.

– Ma chérie, qu'est-ce qui t'arrive ?

Je serre les dents : surtout, pas de larmes.

– Stan a eu un accident, il faut que tu m'aides.

Ma voix s'est cassée.

– Respire, mon cœur, on a tout le temps. Où es-tu ?

– Tout près de Bagnoles. Avec Jocelyn.

– Et moi sur le chemin de mon studio, tu connais l'adresse ?

Je bafouille : « non ». Je ne suis encore jamais allée chez lui. J'attendais ce jour avec impatience, et voilà ! Tandis qu'il me la dicte, je la répète à voix haute afin que Jocelyn l'enregistre. Pas besoin de noter : le quotidien du soldat du feu.

– Pas de code, un interphone, achève Grégoire. Tu sonnes et je descends te chercher, ça va aller !

Si seulement !

Le soir tombait lorsque Jocelyn a arrêté sa fourgonnette devant le porche du bel immeuble. J'ai quitté la voiture et pianoté sur l'interphone. « Je viens », a dit la voix ferme de Grégoire. Jocelyn a attendu qu'il apparaisse pour démarrer, la porte s'est ouverte, Grégoire a mis un doigt sur ses lèvres : « chut », il m'a prise dans ses bras. J'ai enfin pu laisser libre cours à mes larmes.

Ce qu'il appelait modestement son « studio » était un loft immense pourvu d'une terrasse donnant sur le lac. Deux chaises longues et un parasol s'y trouvaient, je l'y ai imaginé avec maman. Il m'a entraînée jusqu'au canapé où je me suis laissée tomber. Je n'avais toujours pas prononcé un mot.

– Un petit verre de vin blanc ? a-t-il proposé.

J'ai acquiescé avec un rire-sanglot à la Martin. Il a disparu.

Autour du lac, s'égrenait comme un collier de lumières qui se reflétaient dans l'eau. De petits bouquets d'arbres serrés les uns contre les autres semblaient converser. Montait de l'ensemble un murmure de paix. Et déjà, Grégoire revenait portant un plateau avec deux verres et une bouteille. Il l'a posé sur la table basse, a rempli les verres et m'a tendu le mien. On n'allait quand même pas trinquer ! J'ai vite bu une gorgée, il m'a suivie avant de prendre mes mains.

– Maintenant ! a-t-il ordonné.

Je lui ai raconté le peu que je savais : Stan trouvé inanimé dans une rue près de chez lui, probablement renversé par un chauffard, conduit au centre hospitalier de Caen, placé en coma artificiel.

– Grégoire, est-ce que tu veux bien appeler l'hôpital ? À toi, ils répondront.

Dès qu'Odile avait prononcé le mot « coma », je n'avais plus pensé qu'à lui : lui pour appeler, m'expliquer, me rassurer.

– Le nom de famille de ton Stan, c'est bien Fleurieux ? m'a-t-il demandé le plus tranquillement du monde.

– Oui. Stanislas Fleurieux.

Il s'est levé, a sorti son portable de sa poche et s'est éloigné. Sa voix me parvenait sans que je cherche à entendre les mots. « Respire, mon cœur », je n'étais plus seule. Désormais, je pourrais m'appuyer sur lui, il porterait sa part de fardeau. J'ai bu une autre gorgée de vin. Après la tourmente, une sorte de chaleur se répandait en moi. Et même si je la savais trompeuse, « artificielle », comme je comprenais Martin ! Martin et l'alcool, Martin et le cannabis. Fuir, c'était si facile finalement. J'ai fermé les yeux.

– Ton Stan a, en effet, été hospitalisé à Caen, a confirmé Grégoire en revenant s'asseoir près de moi. Outre ses nombreuses fractures, il présente un hématome au cerveau. Il va falloir l'opérer. Il a été mis en coma artificiel, plus précisément « médicamenteux », c'est le mot.

Des rides creusaient son front. Soudain, il m'a semblé vieux. À mon tour, j'ai pris ses mains.

– Grégoire, jure-moi de me dire toute la vérité, quelle qu'elle soit. Cette opération, c'est grave ?

– Tout ce qui touche au cerceau reste un peu une énigme pour la médecine, a-t-il expliqué. De ce genre d'opération, certain sortent indemnes, d'autres avec des séquelles plus ou moins importantes. Tout ce que je peux t'affirmer est que la jeunesse de Stan est un atout et qu'il est entre les meilleures mains.

– Quand va-t-il être opéré ?

– On ne le sait pas encore, je te tiendrai au courant.

Il s'est tu et il a bu une gorgée de vin. Pas moi. Plus moi. Je devais rester forte pour aider Stan.

– Et ta mère ? a demandé Grégoire un peu plus tard.

– Je lui ai simplement demandé où tu étais et après je lui ai raccroché au nez, ai-je avoué. Si tu veux mon avis, à l'heure actuelle, elle doit se faire un sang d'encre.

Grégoire a levé son portable.

– Qui l'appelle ?

– Moi, ai-je répondu en allumant le mien.

Maman a décroché tout de suite, dans tous ses états.

– Ma pauvre, pauvre chérie, Philippe sort d'ici. Il m'a appris pour Stan. Je suis tellement désolée. Il voulait absolument savoir où tu étais, avec qui. Je lui ai promis que tu le rappellerais dès que tu serais rentrée.

- 41 -

– Détends-toi, ne t'occupe pas de moi, me conseille tendrement Grégoire en démarrant direction la longère. Un peu de musique te ferait plaisir ?

– Oh oui, merci.

Pour Grégoire, la musique est forcément classique : j'aime. Il engage une cassette : Schubert. Accompagnée par un piano, une voix masculine s'élève, ardente, frémissante. Je pose une fois de plus ma nuque sur l'appui-tête, ferme les yeux, les rouvre aussitôt. Comment me détendre après ce que maman vient de m'asséner : Philippe est venu à la maison, il voulait absolument savoir où j'étais, avec qui.

Le premier doute m'a frappée quand Odile nous a révélé, à Jocelyn et à moi, que c'était Philippe qui l'avait mise au courant de l'accident arrivé à Stan. Il s'est renforcé lorsque j'ai découvert le désordre dans le secrétaire : fouillé par lui ? À la recherche de quoi ? Et maintenant sa visite à maman, ses questions... Allons, Lou, du courage ! Ne t'es-tu pas promis de ne plus fuir la vérité ? Et si c'était Philippe qui avait renversé Stan ?

Oh, mon Stan ! Combien de fois as-tu tenté de me mettre en garde contre lui ? M'as-tu demandé, supplié de m'en méfier. Comme si tu connaissais sur son compte des choses que j'ignorais. Et moi qui refusais de t'entendre, te reprochais une trop grande frilosité et qui, lors de notre dernière rencontre, t'ai en quelque sorte claqué la porte au nez. Me le pardonnerai-je jamais ?

Du coin de l'œil, j'observe Grégoire. Je lui ai répété les paroles de maman et mon trouble ne lui a pas échappé. Même s'il n'a rencontré Philippe que deux ou trois fois, qu'en pense-t-il ? Je me souviens de sa réaction quand je lui avais raconté son attitude glaciale, hostile, en apprenant que j'avais été voir Axelle à son spa. « Ton parrain a une face sombre », avait-il déclaré. Comme une évidence.

Et si je lui disais tout ? Je suis certaine qu'il me croirait et veillerait à épargner maman.

Je referme les yeux. Plus tard, trop, trop fatiguée !

Maman avait pleuré, elle m'a longuement serrée contre elle. Pour une fois silencieuse, Elsa scrutait mon visage, comme cherchant à y lire mon émotion. Avant de descendre de voiture, je m'étais regardée dans le miroir : sans nul doute, elle était servie ! Une épave.

Que fait une mère quand la tempête souffle sur sa fille ? Son plat préféré, si possible d'enfance. En l'occurrence, un soufflé au fromage très difficile à réussir quand l'heure du repas est incertaine. Tandis qu'il gonflait au four, elle nous a raconté comment Philippe avait débarqué vers 18 heures, dans tous ses états, pour lui apprendre que Stan, grièvement blessé, avait été hospitalisé à Caen.

– Si tu l'avais vu, ma Lou. Il était tellement déçu de ne pas te trouver là ! Je lui ai dit que tu m'avais jointe pour savoir où se trouvait Grégoire, que vous étiez probablement ensemble. Mais comment en être certaine avec ton portable éteint ?

Elle a désigné le téléphone fixe :

– Et si tu l'appelais ? Je le lui ai promis.

– Pas maintenant, demain, me suis-je défaussée.

Maman a semblé surprise. Grégoire a volé à mon secours.

– Comprends Lou, ma chérie. Elle est encore sous le choc. Laissons-la souffler. Et rien ne t'empêche, toi, d'appeler ton beau-frère pour le rassurer, lui dire qu'elle est bien rentrée.

Maman s'est inclinée.

Le soufflé était gonflé à souhait, doré, fondant. Mais, me rappelant mon enfance, il faisait monter des souvenirs où l'harmonie régnait à la maison, où ni le doute, ni la jalousie, ni la haine n'avaient droit de cité. Et le goût en était altéré. Elsa était aux petits soins pour moi, me resservant d'eau, me tendant le croûton du pain, me traitant comme une grande blessée et ça m'a touchée. Grégoire a raconté à maman ce qu'on lui avait dit à l'hôpital.

– Alors souhaitons que l'opération se passe bien et que notre Stan s'en tire sans dommage, a-t-elle prié.

Intact, indemne, entier... Dommages et intérêts... Dommage que ce soit tombé sur lui. Tomber de haut, tomber des nues, tomber en vrille, en morceaux. Foutue richesse de la langue française !

Le dîner terminé, maman m'a assurée qu'elle comprendrait très bien si je séchais le lycée demain. Ça me laisserait tout le week-end pour récupérer. Lundi, elle me donnerait un mot expliquant que j'avais été souffrante.

Rien que la vérité.

Sans trop y croire, Elsa a réclamé de sécher aussi l'école pour me tenir compagnie. Elle a pris des airs de martyre quand Grégoire a osé sourire. Je suis vite montée dans ma chambre.

Durant tout l'après-midi, j'avais attendu ce moment : celui de me torturer. Assise sur mon lit, j'ai cherché la voix de Stan sur mon portable. J'avais gardé la plupart de ses messages : amour, tendresse, certains à vous tirer des larmes, d'autres à mourir de rire. Le dernier datait d'avant-hier, il était simple, banal. Il devait s'en envoyer des millions de pareils chaque jour en toutes les langues.

Il m'a tuée.

« Ça va, mon cœur ? Rappelle-moi vite ! »

Je lui en voulais d'être aussi frileux vis-à-vis de Philippe, je ne l'avais pas rappelé.

– 42 –

« La nuit porte conseil. » Comme il me paraissait loin ce matin où, au lendemain de la « violation » de la chambre de Philippe, je m'étais réveillée l'esprit clair, sûre du chemin à suivre : accepter la face sombre de Philippe, ne plus lui chercher d'excuses, écouter les conseils de Stan. Sans pour autant, naïve que j'étais, renoncer à aimer mon parrain.

Ouvrant les yeux, ce vendredi à l'aube, après une nuit passée à tourner et à retourner dans ma tête l'accident arrivé à Stan et mes soupçons concernant son auteur, je me sentais complètement perdue. Que devais-je faire ? À qui demander conseil ? Mais surtout, surtout, qui me croirait ?

Ah, je pouvais facilement imaginer les airs stupéfaits, indignés : Philippe, l'adjudant Châtenay, le brave parmi les braves, coupable d'avoir renversé volontairement un piéton avant de prendre la fuite ? Et puis quoi encore ? Et qui l'accusait ? Sa filleule, celle qui portait le même nom que lui. Tout simplement absurde, impossible, impensable.

Il me semblait avoir, malgré tout, accompli un petit pas en avant en retrouvant à quoi correspondait la date du 11 juin : le mariage de Philippe et d'Aurore. Mais que signifiaient toutes ces croix alignées dessous ? En cherchant du côté des autres dates, peut-être aurais-je la réponse.

Je me suis rendormie.

Le jour était tout à fait levé quand, deux heures plus tard, j'ai ouvert les rideaux de ma chambre : 8 h 15. La voiture de Grégoire n'était plus là. Elsa devait être en route pour l'école, j'ai passé un peu d'eau sur mon visage et je suis descendue.

Assise devant une tasse de café, coiffée, maquillée, maman était prête pour sa tournée de patients. Non sans s'être assurée avant que sa fille ne sécherait pas l'indispensable petit-déjeuner qui vous met en forme pour la journée.

– Nuit correcte ? m'a-t-elle demandé tendrement.

– Nuit des plus incorrecte, ai-je répondu en m'installant devant mon bol et versant le lait chaud sur la poudre de chocolat tandis que maman faisait démarrer le grille-pain.

J'ai posé ma première question.

– Une date me trotte dans la tête : le 15 avril. Ça te dit quelque chose ?

Le visage de maman s'est assombri.

– Mais bien sûr ! Une triste date : celle de la mort d'Aurore dans l'incendie de sa maison.

Encore Aurore ? J'ai réussi à cacher mon trouble.

– Et elle avait quel âge ?

– Dans les 40 ans.

– « Dans les » ? Aurais-tu oublié sa date de naissance ? ai-je fait semblant de plaisanter.

Maman a poussé un gros soupir.

– Je suppose que les psys parleraient d'amnésie volontaire. Mais ça a été une affreuse année : d'abord la mort d'Aurore puis celle de ton père même pas quinze jours après.

Affreuse, en effet : à tel point que moi aussi j'avais, jusque-là, évité d'y penser. La question suivante est venue sans que je l'aie préparée.

– Et ils s'entendaient bien ?

– Ton père et Aurore ?

Maman a hésité, j'ai attaqué une tartine, beurre, confiture…

– C'était compliqué, s'est-elle décidée. Comme tout ce qui touchait à ta tante. Je crois que Louis la plaignait. Il reprochait à son frère de la tenir sous son joug. Elle n'avait pratiquement pas le droit de sortir sans lui.

Dans la voix de maman, très nettement, une réticence. Je me suis bien gardée d'insister. La pendule a sonné 9 heures. Elle s'est levée, elle a rincé sa tasse dans l'évier et attrapé sa veste sur le dossier de sa chaise.

C'est venu d'un coup.

– Je me souviens qu'après la mort de cette pauvre femme ton père, d'habitude si calme, si maître de lui, a piqué une colère terrible contre Philippe, l'accusant d'en être responsable. S'il ne l'avait pas bouclée dans sa chambre…

Elle s'est interrompue, les larmes au bord des paupières :

– Mais à quoi bon ressasser tout ça ? Ton malheureux parrain ne se l'est jamais pardonné. Tu m'as parlé de sa chambre pleine de photos d'elle, c'en est la preuve.

Elle s'est secouée, m'a embrassée :

– Quant à toi, n'oublie pas de l'appeler. Et tiens, si ça te chante, invite-le donc à déjeuner : entre midi et 2, je serai là.

La porte s'est refermée, ses pas faisaient bruire le gravier, ils se sont éloignés, perdus. « Si ça te chante », quelle jolie expression. Et si ça ne me chantait pas ?

Je me suis levée et je suis passée au salon. Comme je l'avais fait cent fois, je me suis plantée devant la photo de Philippe et Louis adolescents. Philippe l'air décidé, regardant droit devant lui. Louis, un peu en retrait, comme intimidé. « Des deux, c'était Louis le plus fragile », m'avait confié grand-mère.

J'ai entendu la voix cassée de maman : « Je me souviens d'une colère terrible de ton père contre Philippe. » 15 avril : mort d'Aurore. 30 avril : mort de papa. Un vertige m'a traversée.

En sonnant, mon portable m'a tirée du cauchemar : Odile. Les parents de Stan venaient de l'appeler. Son état était stable, il serait opéré demain en fin de matinée.

– Après l'opération, ils ont l'intention de venir passer quelques jours avec moi à La Ferté. Cela vous ferait-il plaisir de les rencontrer ?

– Oh oui, Odile. Merci !

Je n'avais pas pu m'empêcher de crier : elle avait l'habitude.

– Alors venez dimanche, midi trente, on pique-niquera. Ça vous va, ma petite ?

Le petite a répondu oui, elle a raccroché, elle s'est redressée.

Allez !

– 43 –

Primo, appeler Philippe en m'efforçant d'être calme, naturelle… insoupçonnable. Pas facile avec celui qui se flattait de me connaître par cœur et à qui, il y a encore quelques semaines, je me livrais sans hésiter.

Je suis montée dans ma chambre, j'ai pris plusieurs grandes inspirations et j'ai formé son numéro.

– Ma Filou, enfin ! Comment te sens-tu ?

« Ma » Filou…

– Pas au top, comme tu dois t'en douter.

– Je peux venir ?

J'avais préparé ma réponse.

– Bien sûr, à midi. On déjeunera avec maman.

J'ai senti son hésitation. Sa déception ?

– Ça lui fera tellement plaisir, ai-je insisté.

– Okay, a-t-il cédé, mais le temps va me sembler long.

Secundo : la mairie.

Je me suis habillée en vitesse et j'ai enfourché mon vélo – déposé hier soir par Jocelyn dans la grange, merci, ami – et je me suis élancée.

Il faisait déjà chaud. Trop ? On racontait que les viticulteurs organisaient des rondes la nuit autour de leurs vignes, prêts à envoyer des fusées pour combattre d'éventuels orages de grêle qui auraient fait exploser les bougeons, semé la mort, anéanti le travail de toute une année.

À 9 h 30, j'ai mis pied à terre devant le bâtiment blanc, mitoyen avec l'école. Cette école où Aurore aimait à venir seconder l'institutrice, où elle avait rencontré son musicien.

Quand j'ai demandé à l'employée l'autorisation de consulter l'acte de mariage de Philippe avec Aurore, même si nous portions le même nom, elle a hésité. J'ai prétendu en avoir besoin pour un devoir au lycée sur la généalogie et, sans chercher plus loin, elle m'a ouvert le registre.

Aurore, Marie, Angélique Audoin était née un 14 janvier à Flers. Naissance, mariage, décès, j'avais mes trois dates.

Quand j'ai repris mon vélo, c'était l'heure de la récré à l'école. Les rires et les cris des enfants m'ont poursuivie jusqu'à la maison.

Tertio : Jocelyn.

– Pas trop tôt ! a-t-il râlé en décrochant. J'ai attendu ton appel toute la soirée d'hier.

– Pardonne-moi, j'ai été prise dans un tourbillon.

J'ai commencé par lui donner des nouvelles de Stan : il serait opéré demain, les médecins avaient bon espoir. Il a eu un cri de joie.

– Sais-tu qui a écrit : « Il est grand temps de rallumer les étoiles » ? m'a-t-il demandé.

– Guillaume Apollinaire, ai-je crâné, on l'a au programme du bac.

– Alors écoute-le, allume ! m'a-t-il ordonné.

Et j'ai eu envie qu'il soit là.

– Jocelyn, j'ai un autre service à te demander…

– Où Madame souhaite être conduite, cette fois ?

– Ce n'est pas ça, écoute…

Je lui ai donné les trois dates trouvées dans l'enveloppe. Pourrait-il regarder si elles correspondaient à des incendies ayant éclaté à Montsecret ou dans les environs ?

– Ça me paraît faisable. Tu m'expliques pourquoi ?

– Plus tard, Jocelyn. Et est-ce que tu peux faire vite ?

– C'est parti.

11 heures ont sonné à l'église Saint-Michel. J'ai mis le couvert et préparé des salades pour le déjeuner : carottes, pommes de terre, céleri. Ça me faisait du bien de faire marcher mes mains.

« Il y a des feux qui ne s'éteignent jamais, des souvenirs qui vous brûlent jusqu'à l'âme », avait dit Philippe lorsque je lui avais parlé de ma visite à Axelle.

Trois dates anniversaires. Trois feux allumés par l'adjudant Châtenay.

– 44 –

Philippe est arrivé dès 11 h 30, je l'avais prévu, j'étais prête. Il portait sa tenue de garde forestier et quand il m'a embrassée, j'ai retrouvé l'odeur de cuir de son blouson, celle – verte – de son after-shave, le picotement de sa barbe sur ma joue et c'était comme un foutu coup de poing en traître.

Il m'a précédée au salon où il s'est assis dans son fauteuil habituel, moi à côté. Oui « son » fauteuil, « son » rond de serviette sur la table de la salle à manger et bien sûr « ses » clés, remises à lui par maman après la mort d'Aurore : « Désormais, cette maison sera la tienne. »

– Dis-moi vite, as-tu des nouvelles de Stan ?

– Je viens d'avoir sa tante : il sera opéré demain.

J'ai évité de lui faire part de l'invitation à déjeuner dimanche avec ses parents.

– Comment as-tu su ce qui lui était arrivé ? ai-je demandé d'une voix la plus légère possible.

– Par le plus grand des hasards, a-t-il répondu sans hésiter. J'étais en communication avec la caserne de La Ferté au moment où l'accident s'est produit. Quand on m'a parlé d'un jeune homme grièvement blessé près de la place Notre-Dame, j'ai voulu savoir son nom. Imagine le choc quand on me l'a donné.

Il connaissait donc l'adresse de Stan ? Rien d'étonnant après tout. Je n'ai pas réagi. Il a poursuivi son récit :

– Pensant à toi, j'ai tenu à avertir moi-même sa famille, en l'occurrence sa tante : Odile Fleurieux.

– Et pourquoi ne m'as tu pas appelée moi ? Au moins un SMS ?

– À l'heure où l'accident s'est produit, tu étais au lycée. Et il me semble que tu es bien placée pour savoir qu'on n'annonce pas ce genre de nouvelles par les réseaux sociaux.

Il s'est éclairci la voix.

– Par ailleurs, j'ai appris que tu étais allée chez sa tante en fin d'après-midi, conduite par Jocelyn.

La question m'a échappé.

– Et qui te l'a appris ?

– Elle-même. Quand je l'ai jointe plus tard pour savoir si elle allait bien.

Un ton détaché : une leçon apprise par cœur ? Il s'est levé :

– Je vais me chercher un verre d'eau, tu es preneuse ?

J'ai dit oui et il a disparu dans la cuisine. 11 h 45, maman ne tarderait plus. Et alors que j'avais redouté ce tête-à-tête avec Philippe, j'aurais voulu qu'il se prolonge. Je sentais en moi comme une force une tension, qui me criait « vas-y ».

Il est revenu et m'a tendu un verre. J'ai bu quelques gorgées et j'y suis allée.

– As-tu trouvé ce que tu cherchais dans la chambre de Stan ?

Son léger sursaut ne m'a pas échappé.

– Si tu veux parler de ses papiers d'assurance, c'est oui. À présent que ses parents sont là, c'est à eux que reviendra ce genre de corvée.

Une « corvée » concernant la vie de Stan ? La colère bouillait en moi quand la porte s'est ouverte et maman est entrée. Philippe s'est levé – soulagé ? –, il est allé à sa rencontre et l'a prise dans ses bras.

– Hélène, enfin ! Nous t'attendions.

Il s'est tourné vers moi :

– Notre Lou semble prendre les choses avec beaucoup de courage.

– Elle n'est pas pour rien la filleule d'un pompier, a approuvé maman en me souriant.

Nous sommes passés tout de suite à table. J'avais éteint mon portable dès l'arrivée de Philippe, craignant que mon trouble ne lui échappe pas si Jocelyn m'appelait. Maman m'a remerciée pour le couvert et les salades. Elle s'est contentée d'ajouter une cannette de bière près du verre de Philippe. Il aimait bien la bière. Papa préférait le vin, le bon.

– Et Martin ? a demandé maman.

– Martin est dans tous ses états. Je ne savais pas que Stan et lui étaient tellement liés. Il a même pleuré en apprenant qu'il était à l'hôpital.

Soudain, j'ai revu les larmes de mon cousin après que son père nous avait virés de chez lui et toutes mes belles résolutions de prudence se sont envolées.

– Alors, vous êtes réconciliés ?

Durant un bref instant, Philippe s'est tendu.

– Parce que nous étions brouillés ?

Maman me regardait avec de grands yeux.

– Ne t'en fais pas, ai-je lancé à Philippe, j'ai raconté à maman que tu nous avais surpris dans ta chambre. Je me suis même pris un sacré savon.

– Désolé pour le savon, mais tu avoueras que tu l'avais bien mérité, a constaté Philippe.

Il a posé brièvement sa main sur la mienne :

– Considère que c'est oublié.

– Qu'est-ce que je t'avais dit, a conclu maman, soulagée.

Nous nous sommes décidés à attaquer sérieusement le repas. J'ai été félicitée pour mes salades, maman nous a parlé de ses démêlés avec un patient trop entreprenant. Philippe nous a raconté sa dernière intervention dans un EHPAD où l'un des pensionnaires avait mis le feu à sa chambre en fumant en cachette. Même si nous nous appliquions à ne pas parler de Stan, il était là : dans l'attitude raide de mon parrain, les sourires encourageants de maman vers moi. J'avais hâte que ce déjeuner se termine, qu'ils s'en aillent. Aurais-je un message de Jocelyn ?

Alors que nous prenions le café, le bip de Philippe a sonné. Il s'est éloigné pour répondre. J'entendais sa voix calme, précise, et ma poitrine s'alourdissait. Où était le temps où, bien au chaud dans mes certitudes, j'aimais et admirais cet homme sans réserve ? Et un parrain n'a-t-il pas pour mission de protéger sa filleule ? Remplacer ses parents en cas de défaillance physique ou morale ? Le chagrin m'a emplie. Décidément, j'étais incorrigible.

– Altercation sur la voie publique du côté de Tinchebray, nous a appris Philippe en revenant : deux blessés légers.

Et, avec un clin d'œil malicieux vers moi :

– Tu en es ?

– La blessée préfère rester à la maison, lui ai-je répondu sans sourire.

Maman et lui sont partis ensemble. J'ai allumé mon portable. « Rappelle-moi vite », avait écrit Jocelyn.

– 45 –

Sa voix hésite entre incrédulité et inquiétude. Aux trois dates que je lui ai soumises correspondent bien trois incendies. Se rendant à l'Auberge de la Pomme d'Or où l'un d'eux avait éclaté, le patron, très en colère, lui a lancé que ce n'était pas un, mais deux incendies qu'il avait subis cette année, lors de repas de mariage.

– Dont un en octobre dernier. Ne me dis pas que tu ne t'en souviens pas, Lou, tu y étais.

Je frémis. Comment aurais-je pu l'oublier ? Stan aussi était présent et, de cet incendie, était née sa décision d'enquêter sur le mystérieux pyromane. Il m'avait proposé de participer à ses recherches, j'étais ravie.

– Il y a autre chose ! reprend Jocelyn sombrement.

Intrigué, il était reparti en arrière et avait découvert que durant les trois années précédentes, d'autres incendies avaient eu lieu aux mêmes dates, parfois aux mêmes endroits, par exemple à ladite Auberge.

– Bon sang, comment on a pu laisser passer ça ! Et du côté des gendarmes l'enquête n'a rien donné. Le patron a pensé à fermer boutique mais l'assurance a payé et, au total, il n'y a eu en tout et pour tout que quatre ou cinq mort, la caserne étant arrivée en un temps record : un miracle !

Miracle dû à l'adjudant Châtenay.

Je revois les petites croix tracées sous chaque date. Les plus nombreuses, le 11 juin : l'anniversaire du mariage de Philippe et d'Aurore... dont le repas de noces avait eu lieu à l'Auberge de la Pomme d'Or.

Au bout du fil, la voix de Jocelyn gronde à présent. Heureusement qu'il ne me voit pas, ce sont mes joues qui sont en feu.

– Lou, qu'est-ce que tu me caches ? Pourquoi m'as-tu demandé de fouiller autour de ces dates-là ?

Durant quelques secondes, je suis tentée de tout lui déballer, tout, depuis le début. Je me retiens : Philippe, son binôme. Il serait bien capable d'aller le trouver et d'exiger des explications. Avec quelles conséquences, je n'ose l'imaginer. Je choisis l'esquive.

– S'il te plaît, Jocelyn, ne m'en demande pas plus. Je ne peux rien te dire pour l'instant, laisse-moi un peu de temps.

– Jusqu'au prochain incendie, c'est ça ? En espérant que, cette fois, il y aura des victimes, plein de victimes ?

Et, comme je ne réagis pas, il explose :

– Moi qui croyais que tu me faisais confiance !

Et il raccroche comme on claque la porte sur l'amitié.

Je suis restée un long moment immobile. Étonnée ? Pas vraiment. Si je lui avais demandé d'« enquêter » sur les dates trouvées dans le secrétaire de Stan, n'était-ce pas à la recherche d'une telle réponse ? Je suis passée dans le jardin. Le printemps était partout : dans la couleur du ciel, sur les arbres couronnés de fleurs, les pâquerettes et les boutons-d'or parsemant les pelouses. Et moi, prisonnière d'un choix impossible : confondre Philippe et porter à maman et à Martin un coup mortel. Me taire pour les épargner et trahir l'homme que j'aimais.

Je n'étais pas plus avancée quand Martin a débarqué, sac de classe au dos. Il m'a embrassée en bredouillant des sortes de condoléances incompréhensibles. On aurait dit un bon gros chien en quête de caresses. Je l'ai emmené à la cuisine où j'ai sorti des Coca et un paquet de chips pour lui. Sans attendre, il y a plongé les doigts.

– Tu te souviens comme on était bien tous les trois ? a-t-il gémi, la bouche pleine. C'était vraiment topissime.

Mon cœur s'est serré, oui, topissime ! Stan l'avait pris en pitié, il avait décidé de l'aider à décrocher du cannabis.

Avec un soupir, il a désigné le bouquet de fleurs fraîches, cueillies chaque matin par maman : rituel de printemps.

– Heureusement que tu as ta mère. Et moi, papa.

Soudain, la colère a grondé en moi. La façon dont il avait prononcé ces mots, avec soulagement, avec ferveur. Le plus important sauvé ? Stan passé par pertes et profits ?

Il me semble que c'est à ce moment que j'ai choisi mon camp.

– Puisque tu parles de maman, figure-toi que ce matin, elle m'a raconté qu'entre nos paternels, c'était pas toujours évident, qu'il leur arrivait de se bagarrer béton.

Le mot lui a arraché un sourire. Il a bu quelques gorgées de Coca et haussé négligemment les épaules.

– Papa dit que son petit frère était un fouille-merde.

Sous le coup, je suis restée sans voix.

– Oh pardon, pardon, Lou, s'est-il précipité, c'était juste pour blaguer.

J'ai vidé mon verre. Mes doigts tremblaient, ma voix aussi quand je lui ai répondu.

– Tu avoueras que tu as de drôles de façons de blaguer !

Il s'est lancé dans d'autres sujets : le lycée où tous avaient voulu savoir pourquoi j'avais manqué vendredi, le cours de math où il s'était complètement planté, très bientôt le week-end de l'Ascension. Je ne faisais même pas semblant d'écouter, je n'avais qu'une envie, qu'il dégage. Je l'ai pratiquement poussé jusqu'à la porte. Il l'a franchie en me demandant à nouveau pardon.

Papa un « fouille-merde » ?

Stan aussi.

Papa, renversé par un chauffard qu'on n'avait jamais retrouvé ?

Stan itou.

Stan vivant, pas prévu au programme.

Stan en danger ?

– 46 –

« Il est grand temps de rallumer les étoiles »... Quand, ce samedi de la mi-mai, à midi trente très exactement, Grégoire m'a appelée pour m'annoncer d'une voix émue que l'opération de Stan s'était bien passée, durant un instant il m'a semblé voir tout le ciel s'allumer.

– Ne reste à présent qu'à s'occuper de sa colonne vertébrale, a ajouté Grégoire. Avant de le laisser revenir à lui. À toi.

C'était joli.

Quelques minutes plus tard, Odile me téléphonait pour m'exprimer son soulagement. Elle en a profité pour me rappeler l'invitation à déjeuner demain chez elle avec les parents de Stan. Comme si j'aurais pu oublier !

J'ai transmis la bonne nouvelle à maman et à Elsa qui ont applaudi. Maman s'est étonnée que Philippe ne se soit pas manifesté depuis deux jours : pas son genre, fallait-il qu'il soit occupé ! Jocelyn, lui, n'a pas répondu au message rassurant que j'avais laissé sur son portable : fallait-il qu'il m'en veuille !

Durant tout le déjeuner, Elsa a affiché des airs mystérieux. Que nous mijotait-elle, aïe !

La réponse nous serait donnée le soir même.

Nous nous demandions souvent ce que Mlle Picsou, ou Harpagone, au choix, avait l'intention de faire du magot, forcément maousse, qu'elle amassait depuis des années dans la tirelire-coffre-fort, code secret, munie d'un compteur lui indiquant le montant de ses économies. Alors que nous nous mettions à table avec un Grégoire tout guilleret, elle a déposé sur mon assiette un écrin enveloppé de papier doré contenant un bracelet orné d'un cœur.

– Du vrai argent, avec poinçon, m'a-t-elle indiqué. C'est pour aller avec ta bague.

L'anneau que Stan m'avait offert pour mon anniversaire.

Une bonne partie de son magot avait dû y passer. Grégoire et maman échangeaient des regards attendris. Je me suis jetée sur Harpagone. Mais qu'est-ce qui m'avait donné une petite sœur comme ça ? Incroyable, époustouflante, magnifique, la générosité même. Je l'aimais, je l'aimais, je l'aimais, des mots qu'on ne dit jamais assez, qu'on économise comme des idiots sans se douter que ceux auxquels ils s'adressent pourraient bien un jour n'être plus là pour les entendre.

Quelle tenue porter pour séduire ma future belle-famille, rêvons. Ce dimanche matin, après moult hésitations, j'ai fini par choisir la tenue « réveillon » du 31 décembre, très appréciée par Stan : jupe et haut soie et satin. Ne m'avait-il pas demandé de la mettre pour me faire sa déclaration ? C'est bien sûr Grégoire qui m'a conduite à La Ferté. Nous sommes convenus que je lui ferais signe le moment venu de rentrer.

– Depuis le temps que nous attendions de rencontrer Miss Céladon, s'exclame André, le père de Stan, en m'accueillant à la porte.

Avant que j'aie pu réagir, Héloïse, sa mère, m'embrasse sur les deux joues.

– Puis-je vous appeler Lou ?

Un peu en retrait, Odile m'adresse des sourires complices.

Il y a une surprise : Victor, l'un des frères aînés de Stan. Lui, me serre vigoureusement la main :

– Ravi de te rencontrer.

Tous, grands, beaux, fins, distingués, élégants. Je me félicite de la tenue choisie.

Un apéritif a été préparé au salon. J'accepte un kir. Gâteaux salés et amandes circulent. Contrairement à l'atmosphère sinistre de la longère, ici elle semble plutôt à la joie : oui, Stanislas s'en tirera ! Le carillon de l'église Notre-Dame confirme, Victor résume :

– Si le petit frère s'imagine qu'il va nous fausser compagnie comme ça !

Je m'interdis de penser à Philippe, laissons les étoiles s'allumer.

Odile avait parlé d'un pique-nique, c'était un vrai repas qui nous attendait à la salle à manger : gigot d'agneau, jardinière de légumes, salade, fromages et fruits. Et alors que depuis jeudi, je n'avais pratiquement rien pu avaler, voilà que j'avais faim. Le soulagement, bien sûr, mais aussi l'impression de faire partie de cette famille, d'en être acceptée, d'y être fêtée.

Sans nul doute, Stan avait préparé le terrain, l'épreuve l'avait renforcée.

Durant le repas, j'ai été gentiment passée à la question : ma famille, mes études, mes projets. Victor n'était pas le dernier à me bombarder de questions, notamment sur mon choix d'être pompière. « Comme ton oncle et parrain, n'est-ce pas ? » Il voulait tout savoir, ses parents aussi. Les pompiers ont l'habitude : quand ils ne sont pas caillassés, ils captivent.

Plus tard, alors que nous prenions le café au salon, Héloïse m'a fait promettre de venir passer quelques jours chez eux à Rouen avec Stan, dès qu'il serait sur pied. J'étais grisée, je planais.

Plus dure serait la chute.

Il était un peu plus de 15 heures quand je suis montée dans la voiture de Victor qui avait insisté pour me raccompagner. Une jolie voiture de sport écarlate au toit ouvrant. À ma demande, il a appuyé sur un bouton et la capote s'est déroulée majestueusement, nous offrant un ciel ravissant.

Il a attaqué sitôt sorti de la ville.

– Lou, il faut que je te parle et j'ai peur de te blesser.

D'un coup, toute joie m'a quittée, j'ai su quel nom il allait prononcer.

Hier matin, pendant l'opération de Stan, il avait trouvé mon oncle dans sa chambre. Après s'être présenté, celui-ci lui avait expliqué être venu aux nouvelles. Visiblement, c'était prématuré. Il s'était excusé avant de s'éclipser.

Troublé, Victor avait interrogé les infirmières sur le visiteur. L'une d'elles lui avait appris que la veille, elle l'avait déjà trouvé dans le service et qu'il l'avait longuement interrogée sur l'état du patient, la durée durant laquelle il serait maintenu en coma artificiel et ses chances de s'en sortir.

– Ce qui m'a le plus troublé, c'est qu'il a affirmé à l'infirmière être de la famille.

Mon cœur s'est glacé : Stan vivant, pas prévu au programme ?

– Je vais sans doute te paraître idiot mais je ne peux m'empêcher d'être inquiet. Pardonne-moi cette question : quels sont les rapports entre mon frère et ton parrain ?

Je me souviens avoir ri.

– Suffisamment bons pour qu'il se préoccupe de sa santé.

J'ignore si Victor m'a crue. J'ai su qu'il était temps d'agir.

Dans un premier temps, le ciel m'y a aidée.

– 47 –

Ce mercredi, veille des vacances de l'Ascension, quand je sors du lycée, Jocelyn est là, appuyé à sa fourgonnette. Il me fait signe de le rejoindre tout en pointant Martin du menton: « Sans lui. »

L'heure n'est plus aux salamalecs, je frappe sur l'épaule de mon cousin: « À plus » et, poussant mon vélo, vais vers Jocelyn, le cœur battant. Il s'en empare comme il l'avait fait lorsque je l'avais appelé au secours après avoir appris l'accident de Stan, et le case à l'arrière de son véhicule. Je me libère de mon cartable et prends place à l'avant. Pas à « la place du mort », non, à celle de l'amitié. Il démarre sans un mot: l'amitié s'en passe.

La dernière fois que je l'ai vu, c'était quand déjà? Ah oui, quand il m'avait déposée devant la porte de Grégoire à Bagnoles-de-l'Orne. Et, avant de me laisser, il s'était assuré que Grégoire me récupérait bien. La dernière fois que je l'ai entendu, c'était au téléphone avant qu'il ne me raccroche au nez devant mon refus de lui donner le nom de celui qui, depuis trois ans, s'amusait à allumer des feux en hommage à sa femme décédée.

Et, quelle que soit la raison pour laquelle il est là aujourd'hui, je remercie le ciel :

– Jocelyn, plus que jamais j'ai besoin de toi. Et désormais, je ne te cacherai plus rien.

– Et si tu me donnais des nouvelles de Stan ?

Je lui raconte le déjeuner chez Odile avec ses parents et Victor, son frère aîné. Leur certitude, ou plutôt leur Foi, avec un grand F, dictée par Dieu, que Stan s'en tirera. Foi, illustrée par les mots de Victor que je ne cesse de me répéter : « Si le petit frère s'imagine qu'il va nous fausser compagnie comme ça ! »

Au loin, apparaissent les toits de Clairefougère, blottis sous la flèche de la chapelle Sainte-Radegonde. Nous dépassons le village. J'ai compris où me menait Jocelyn : dans son fief, le haras. Nous entrons dans la cour. Il gare son véhicule.

– Tu laisses ton barda ici, j'ai quelque chose à te montrer.

J'abandonne mon cartable et descends avec lui.

Par l'ouverture des box, de fières têtes de chevaux apparaissent. J'admire la ligne blanche, le long du chanfrein de certains, comme un signe de noblesse. Autrefois, n'élevait-on pas ici des pur-sang ? Une fille passe, portant un seau d'eau, un garçon panse la robe d'une jument à larges coups de brosse circulaires. Ça sent bon la paille, le foin. Je ne suis encore jamais monté, Stan non plus, s'il s'en tire, je fais le serment de m'y mettre avec lui. D'accord, là-haut ? Je ne cesse de faire du chantage au Ciel.

Nous quittons le haras et marchons vers le village sur la route déserte. Les couleurs de la campagne s'estompent, se fatiguent, on sent la venue du soir. Où Jocelyn m'emmène-t-il ? Que veut-il me montrer de si important qui explique sa venue au lycée et mon « enlèvement » ?

Nous voici sur une placette entourée de bancs de pierre. C'est vers la mairie qu'il se dirige : une maison comme les autres, ornée d'un drapeau tricolore. La porte est ouverte à deux battants, nous entrons. Il va droit à un panneau recouvert d'affichettes et quand il pointe le doigt sur l'une d'entre elles, je comprends tout.

Le samedi 11 juin prochain sera célébré ici le mariage civil de M. Stéphane Chanoineau, né à Clairefougère et de Natacha de Nouël, consultante, native de Flers.

Jocelyn vient de m'annoncer le prochain incendie qui sévira lors d'un repas de noces.

Il confirme.

– Après la cérémonie religieuse à la chapelle Sainte-Radegonde, un déjeuner aura lieu à L'Hostellerie. Une centaine d'invités sont prévus. Dont ton serviteur, le patron fréquentant régulièrement le haras.

Ma tête bourdonne. Qui ne connaît L'Hostellerie et son patron, Pierre de Flandrin ? Dans la grande salle dite « royale », entourée de lambris anciens, décorée de blasons, au parquet marqueté, des repas de noces sont organisés mais aussi des concerts, des expositions. Il arrive qu'on y danse.

Tout le monde y est passé un jour ou l'autre. J'y suis venue avec maman à l'occasion d'un anniversaire. Philippe était là.

Nous quittons la mairie. Le regard de Jocelyn fait le tour de la place, comme s'assurant que nul ne nous a suivis. Il m'entraîne sur un banc. Il est presque 18 heures, tout est calme. Sur le seuil d'une maison, deux femmes assises sur des tabourets discutent. L'une en longue robe noire, l'autre en short court : la mère et la fille ? Dans un jardin, on entend des bruits d'arrosage, quelque part un enfant rit. Il fait bon, il fait mai.

– Comment as-tu compris ? je demande à Jocelyn, évitant de prononcer le nom de Philippe.

– Des recoupements. Aux dates des incendies que tu m'avais données, plus à celles que j'avais trouvées, une même personne était présente. La même qui avait donné l'alerte, la même qui avait tout fait pour sauver des vies, parfois au péril de la sienne.

Sa voix s'est cassée. Pas n'importe quelle personne : son binôme, l'homme qu'il admirait. Pour lui aussi, ça avait dû être un sacré coup !

– Crois-moi, j'aurais préféré mille fois continuer à te faire la gueule. On aurait bien fini par se rabibocher. Autrement que sur le dos de qui tu sais.

Lui aussi a du mal à prononcer le prénom et son rire me fait mal. Je prends sa main : parfois on ne trouve pas les mots, aucun ne colle.

Un petit groupe d'enfants déboule sur la place : vélos, trottinettes, planches. Ils crient, ils rient et se bousculent. Depuis une heure, c'est les vacances.

– Qu'as-tu l'intention de faire ? me demande Jocelyn.

– Tout pour démasquer le coupable.

– Et tu t'y prendras comment ?

– Je ne sais pas encore. Il faut que j'y réfléchisse.

– D'accord pour y réfléchir ensemble ?

Les mots que j'attendais. Pardon, Charlotte, je tombe dans les bras de Jocelyn.

Puis nous nous sommes livrés à des calculs. Nous étions le 26 mai, nous disposions très exactement de seize jours pour agir. Et avec les vacances de la Pentecôte suivant celles de l'Ascenssion, j'aurais tout mon temps.

– N'oublie quand même pas le bac, a observé Jocelyn, Stan t'en voudrait si tu le loupais à cause de lui.

Première épreuve, le 17 juin : philo, ma matière préférée. Où en serions-nous alors ? Un vertige m'a traversée.

La demie de 18 heures a sonné au clocher de la chapelle Sainte-Radegonde. Qu'avait-elle fait, la sainte, pour être canonisée ? Sous les auréoles, il y a presque toujours du massacre. Il faudrait que je me renseigne. En attendant, aide-nous !

– Nous allons devoir nous montrer très prudents, a remarqué Jocelyn. Éviter autant que possible qu'on nous voie ensemble.

Les distractions sont rares à Montsecret-Clairefougère. Les pies se régalent de tout ce qui sort de l'ordinaire. Pour commencer, nous avons décidé qu'il était temps pour moi de rentrer à la maison. Avant que maman ne s'interroge.

Comme c'est curieux, le bonheur ! Sur ce tiède banc de pierre, dans les odeurs et les bruits du quotidien, la ronde joyeuse des enfants, malgré tout, je m'étais sentie bien. À la chaleur de l'amitié retrouvée.

– 48 –

Qui, dans la région, ne connaissait Émile ? Quarante-cinq années à s'occuper de ses « filles », comme il appelait les abeilles qui travaillaient dans son rucher et autant passées à la caserne en tant que pompier.

À 65 ans, l'âge de la retraite, il avait décidé de ne rien arrêter. Ainsi continuait-il, avec l'aide de son fils, à produire le miel doux, crémeux, au goût de trèfle et de fleurs des champs, réputé dans la région. Et en ce qui concernait le soldat du feu, Émile avait intégré l'amicale des pompiers dont le local se trouvait à la caserne de Domfront, juste à côté. Pour rien au monde, il n'aurait manqué les réunions d'anciens comme de blancs-becs auxquels il prodiguait ses conseils, se tenant au courant de toutes les sorties, organisant de petites fêtes appréciées des braves.

Gamine, j'adorais lui rendre visite avec papa. « Tiens, voilà la pitchoune ! » s'exclamait-il, tout heureux, en me soulevant dans ses bras. Il m'arrivait de l'appeler « grand-père », papa ne l'avait-il pas adopté comme père, en remplacement de celui qui, en se suicidant, lui avait fait défaut ? Et quand, jouant le jeu, Émile lui donnait du « fils », je pouvais voir deux paires d'yeux s'humecter.

La grande ferme où vivait toute la famille donnait sur le Noireau, un vilain nom pour une rivière alerte, primesautière, qui serpentait allègrement entre aulnes et frênes protecteurs et où Émile pêchait la truite ou le saumon.

Entourée de ses petits-enfants, Régine, la femme d'Émile, s'activait dans la cour quand je suis arrivée ce jeudi matin, au lendemain de mes retrouvailles avec Jocelyn. Red, le doberman noir aux oreilles pointues, appelé ainsi en hommage au célèbre pompier américain Red Ader, m'a accueillie avec une débauche d'aboiements et de bonds autour de mes jambes.

– Vois comme il est content de te revoir, a remarqué Régine en m'embrassant.

J'ai caché ma confusion. Horreur, je n'avais plus remis les pieds ici depuis trois ans, la mort de papa. Mais la ferme, Régine, Émile, Red, le Noireau, c'était toujours avec lui, alors...

– Ton grand-père est à la pêche, file vite, tu vas rendre un homme heureux, m'a encouragée la généreuse Régine.

J'ai laissé mon vélo appuyé à la margelle du puits et je suis descendue vers la rivière.

Calé sur son siège pliant, chapeau de paille sur la tête, Émile surveillait sa ligne. Le cœur battant, je me suis assise dans l'herbe à côté de lui.

– J'ai entendu Red te faire la fête. À lui aussi tu as manqué, a-t-il observé.

– C'est vrai que ça fait longtemps, ai-je répondu piteusement.

– Tu n'as pas à t'excuser, la pitchoune. Sache seulement que j'ai beaucoup pensé à toi ces derniers temps. Ton copain hospitalisé, tout ça. Si tu m'en donnais des nouvelles ?

« Mon copain » ? Stan ? Bien sûr, l'amicale avait suivi l'affaire.

– Il est toujours en coma artificiel, et même si les médecins assurent qu'il devrait s'en sortir, je ne peux pas m'empêcher de galérer, ai-je avoué.

– À son âge, il a toutes les chances.

Et cette simple phrase, dictée par l'expérience, valait toutes les paroles réconfortantes du monde.

Dans l'eau, le bouchon de la ligne a plongé : une prise ? Émile s'est redressé pour rembobiner son moulinet, ramenant une vilaine algue noirâtre. Ici aussi, la pollution sévissait. Il a libéré l'appât et posé sa canne près de lui avant de tirer de sa musette une pipe et une blague à tabac. Je me souvenais de ces gestes lents, appliqués avec lesquels il la bourrait, comme un cérémonial intime. J'ai attendu de sentir l'odeur de la première bouffée.

– Papa me manque !

C'était pour parler de lui que j'étais venue voir Émile. Dans l'espoir qu'il m'en dirait davantage sur les circonstances de sa mort. Les paroles de maman continuaient à me tourmenter. Et le mensonge n'est pas de mise, là où coule une rivière.

– Figure-toi que ces derniers temps, je me suis posé pas mal de questions à son sujet, a soupiré Émile, le front plissé.

En moi, une alarme s'est déclenchée, je n'ai pas bougé. Il a tiré deux ou trois bouffées de sa pipe avant de reprendre.

– Peu avant son accident, ton père était venu me voir. La mort de sa belle-sœur l'avait beaucoup affecté. Il ne cessait de répéter qu'il aurait pu la sauver. Mais quand je lui demandais comment, bouche cousue.

– Je crois savoir ce qui le tourmentait, maman m'en a parlé, suis-je intervenue, le cœur battant. Philippe était très jaloux. Il paraît que lorsqu'il sortait, il bouclait Aurore dans leur maison.

– Ça, tout le monde était au courant, la pitchoune ! Et certains ne se sont pas privés de le lui reprocher. Mais on savait aussi que ta tante fumait et qu'elle prenait des substances pour dormir. Et tu es bien placée pour savoir que le mélange des deux est la cause de la plupart des accidents domestiques pour lesquels nous sommes appelés.

Émile était-il en train de plaider la cause de Philippe ? Dans la cour, Red a aboyé : un visiteur ? J'ai prié pour que nous ne soyons pas dérangés.

– Mais c'est autre chose qui me tourmente, a repris Émile sombrement. Tu n'ignores sûrement pas que c'est un appel anonyme qui avait averti la caserne de l'accident arrivé à ton père. Appel dont l'auteur n'a jamais été retrouvé. On avait supposé qu'il s'agissait du responsable de l'accident, espérant ainsi soulager sa conscience ; c'est fréquent.

Émile s'est interrompu. Il m'a semblé qu'il hésitait à continuer.

– Alors ? l'ai-je relancé.

– Alors, même scénario pour ton ami : une voix anonyme sur un téléphone prépayé donc intraçable. Et un lien entre les deux appels pourrait laisser penser qu'il s'agirait du même chauffard.

Il s'est tourné vers moi :

– Si tel était le cas, on serait en droit de parler de préméditation, de tentative d'assassinat. Et si j'ai tant de mal à te le dire, la pitchoune, c'est que ce lien, c'est toi.

On ne triche pas, là où coule une rivière.

– 49 –

Il y a d'abord ce bruit profond, régulier, comme une respiration sous-marine. Il monte de la machine à laquelle Stan est relié par un tuyau sortant de sa bouche et deux perfusions, l'une à son cou, l'autre à son poignet.

Ses paupières sont closes, son teint blafard. Une plaque de cheveux manque à l'arrière de son crâne, là où le chirurgien a retiré la poche de sang qui comprimait son cerveau. Sur un tableau à la tête du lit, on peut suivre les battements de son cœur.

Quand j'ai demandé à l'infirmière si quelqu'un pourrait s'introduire dans la chambre et lui faire du mal, elle m'a ri au nez.

– La guérison est en bonne voie, m'a affirmé le médecin réanimateur. Chaque jour voit son état s'améliorer. Mais il faudra encore patienter un peu avant de le libérer tout à fait. Probablement à la fin du mois.

– N'hésitez pas à lui parler, m'a recommandé son assistante. Même si on n'en est pas certain, il est possible qu'il vous entende et même reconnaisse votre voix.

Alors, je détache mon épaule de la main protectrice de Grégoire, je me penche sur son oreille.

– Stan, c'est moi, Lou. Tu te souviens, ta rouquine, Miss Céladon, la fille qui est tombée amoureuse de ta fossette, l'enquiquineuse qui, depuis, ne t'a plus lâché. Celle qui veut quand tu ne veux pas et qui le jour où tu as bien voulu, t'a tourné le dos.

« Reviens !

« Même si j'ai rien compris alors que tu avais tout bon. Même si je t'ai envoyé paître alors que tu tentais de me protéger, me sauver. J'ai fait trop de promesses au Ciel pour que tu t'y présentes sans moi. Ils diraient quoi, là-haut ?

« Et puis c'est pas possible, à l'époque où tout le monde fait l'amour avec tout le monde, où on s'envoie en l'air pour mieux s'écraser par terre, porno à l'honneur, quel honneur ? Où les matins qui déchantent sabotent le paysage : "Il est où, l'bonheur, il est où ?" "Je voudrais qu'ça dure longtemps, je voudrais qu'ça dure cent ans." Toutes les chansons parlent de nous, elles ont été écrites pour nous. Pas possible que tu te barres sans qu'on leur ait prouvé que l'amour, ça peut être autre chose.

« Écoute.

« "Je veux que tu m'emmènes dans les paradis blancs, loin des regards du haine et des combats de sang. Où les nuits sont si longues qu'on en oublie le temps, où l'on parle avec les poissons d'argent, comme dans nos rêves d'enfant."

« Ces paroles qu'un grand musicien a écrites en pensant à la nuit sans savoir qu'elles nous offriraient des raisons de vivre.

– 50 –

Ce matin, maman ne cache pas sa joie : Philippe vient déjeuner à la maison avec Martin. Voilà deux dimanches qu'il manque à la tradition et elle commençait à s'inquiéter.

– En plus, il fait beau ! Regarde, ma Lou, respire. C'est l'été !

Alors je l'ai aidée à sortir table, chaises et barbecue. Au programme : melon, poisson grillé et patates sous la cendre. Il paraît que Philippe tenait à apporter le dessert.

Grégoire est à son spa, Elsa à un « atelier galettes », ça sent bon la farine de sarrasin et le beurre salé. J'aurais préféré qu'ils soient là. Ma petite sœur et ses plaisanteries douteuses, le docteur et son calme olympien m'auraient aidée.

La dernière fois que j'ai vu Philippe, c'était après l'accident de Stan. Je lui avais carrément volé dans les plumes. Alors aujourd'hui, promis-juré, pas un mot plus haut que l'autre.

Maman achève de mettre le couvert, j'entretiens les braises, lorsqu'ils débarquent : midi trente.

Philippe a une bouteille de champagne à la main, Martin brandit un sac contenant glaces et sorbets : mon dessert préféré.

Maman s'empare du tout pour le mettre au frais. En quel honneur, le champagne ?

Martin ne résiste pas.

– Surprise ! Cet été, on part tous les quatre en croisière en Grèce. La fête non-stop : sport, shows, discothèque, rien que du fun. C'est papa qui régale.

Je reste sonnée. Souriant, Philippe m'observe, le regard de maman, revenant avec la bouteille dans un seau à glace, me confie qu'elle était au courant. Elle a laissé gentiment à Martin le plaisir de m'annoncer la bonne nouvelle.

– Alors, c'est tout ce que ça te fait ? râle-t-il.

– Je vais chercher les coupes.

Je cours, je fuis dans la maison, m'attarde du côté du buffet : cette croisière est un piège, je le sais, je le sens.

J'attrape les coupes et reviens sur la terrasse. Martin fait la gueule.

– Et elle est prévue quand, ta croisière ?

– Nous sommes là pour en parler, intervient Philippe. Pourquoi pas début juillet pour éviter la foule ?

– Et le bac ?

– Après les résultats, bien sûr.

– Imagine que je ne l'aie pas, tu crois que j'aurai envie de partir ?

– Mais tu l'auras ! s'écrie Martin. T'es la meilleure.

– Si par malheur ce n'était pas le cas, ce voyage te consolerait, plaide maman.

Et soudain, je comprends. Il s'agit bien d'un piège. Sans pour autant savoir ce que je mijote avec Jocelyn, Philippe a senti mon changement d'attitude à son égard et il se livre au bon vieux chantage aux sentiments. Il n'y a qu'à voir la tête que font maman et Martin. Vais-je gâcher leur bonheur en refusant son invitation ? Pire, en m'opposant à lui ?

Il remplit les coupes, me tend la mienne.

– Rien ne nous empêche de trinquer ?

Dans sa voix, un défi. Je le regarde droit dans les yeux et, chantage pour chantage, j'y vais.

– Okay. À condition qu'on emmène Stan. À cette date, il devrait être sur pied.

– Pourquoi pas ? dit maman.

Un instant, le regard de Philippe a flambé.

– Pourquoi pas, en effet ?

Mon Dieu, qu'ai-je fait ? Pardon, Jocelyn.

- 51 -

L'Hostellerie où, le 11 juin prochain, dans trois jours, aurait lieu le repas de noces de Stéphane Chanoineau et Natacha de Nouël, se trouvait tout près de Clairefougère. Une petite route de campagne y menait et il n'était pas difficile d'imaginer la mariée en longue robe blanche, au bras de son tout neuf époux, y cheminant suivie de ses demoiselles d'honneur, famille et amis. Ce serait joli.

Jocelyn m'avait donné rendez-vous dans la vaste cour pavée, me recommandant de veiller à n'être pas suivie. Il m'était arrivé de sourire de son extrême prudence mais depuis le déjeuner avec Philippe toute envie m'en était passée. Lui raconterais-je la joute qui m'avait opposée à lui ? À la fois je m'en voulais et ne le regrettais pas.

Il discutait avec Pierre de Flandrin quand je suis arrivée. Un homme d'une cinquantaine d'années, grand, fin, racé, vêtu d'un polo de tennis et d'un pantalon de flanelle blanche. Me souvenant qu'il fréquentait régulièrement le haras, j'ai pensé qu'il devait faire un superbe cavalier. Sur un pur-sang, bien entendu.

Il m'a serré la main avec chaleur.

– Jocelyn m'a dit que ma salle des fêtes vous intéressait. Nous n'attendons personne ce soir, prenez tout votre temps pour la visiter.

Il m'a souri :

– En espérant qu'un jour vous-même me la réserverez.

À la suite de Jocelyn, je gravis lentement les marches de l'escalier de bois brun, ma main courant sur la rampe, m'efforçant de tout regarder avec l'œil expert d'un pompier.

Au premier, sur le palier, un imposant vestiaire, fermé par un rideau, devait offrir plusieurs cachettes idéales pour un dispositif de feu à retardement. La salle méritait son nom de « royale » ; immense, parquet et mobilier anciens, murs recouverts de tissu, deux hautes fenêtres ornées de voilages. L'incendiaire n'aurait que l'embarras du choix ! Et, à l'idée que nous pourrions être la cause de la destruction de tant de beauté, tout en moi protestait.

Un garçon passait lentement une cireuse sur le parquet, un autre époussetait, nous avons fait silencieusement le tour des lieux avant de redescendre.

L'Hostellerie offrait aussi quelques chambres très étoilées à ses clients. C'est dans l'une d'elles, assis face à un grand lit à baldaquin certainement réservé à de jeunes mariés, que nous nous sommes installés. Nul ne nous y dérangerait.

Pour commencer, Jocelyn m'a appris qu'il s'était renseigné sur d'éventuels autres repas de noces ayant lieu samedi dans les environs. Il n'en avait trouvé aucun à moins de quarante kilomètres, c'est-à-dire dans un périmètre dévolu à une autre caserne. Si Philippe projetait de fêter à sa façon la date anniversaire de son mariage, comme il n'avait jamais manqué de le faire depuis trois ans, ce serait donc obligatoirement ici.

Le plan était le suivant.

Samedi, première heure, Jocelyn dissimulerait dans la salle royale une caméra-espion qui filmerait tout ce qui s'y passerait. Il en existait de très performantes, quasiment indétectables. Puis il attendrait Philippe, dissimulé derrière l'un des nombreux véhicules présents dans la cour en ce jour de réception. Combien de temps faudrait-il à celui-ci pour installer son dispositif? Il devait avoir tout calculé afin de s'en acquitter au plus vite.

Dès qu'il ressortirait, Jocelyn récupérerait la caméra et visionnerait le film. Une fois la cache découverte, sa priorité serait de relever les empreintes, chose qui n'avait jamais pu être faite jusque-là, les divers incendies ayant tout détruit.

Film, empreintes, ajoutés à nos témoignages : largement de quoi confondre le coupable.

Jocelyn s'est interrompu. Il m'a désigné la salle de bains avec un sourire.

– Allez, vas-y, ma Lou. Va boire.

Depuis quelques jours, j'étais constamment assoiffée.

La salle de bains était également royale : baignoire à pattes de lion, jacuzzi, double lavabo. J'ai évité de me regarder dans la glace ovale, entourée de petites ampoules comme la loge d'une star et j'ai avalé un grand verre d'eau avant de revenir près de mon ami.

Quel accueil recevrions-nous à la gendarmerie ? Les militaires intervenant à chacune de nos interventions, nous connaissions la plupart d'entre eux et, même si certains auraient forcément du mal à croire à la culpabilité de Philippe, selon Jocelyn, le simple fait que la dénonciation vienne de moi, moi dont tous connaissaient l'affection que je vouais à mon parrain, ne pourrait que les convaincre.

Quoi qu'il en soit, l'enquête serait aussitôt lancée et le lieu du crime placé sous scellés, ce qui obligerait Pierre à annuler au dernier moment la réception. Pas difficile d'imaginer sa réaction en apprenant que Jocelyn avait, en quelque sorte, tout manigancé dans son dos. Une amitié perdue ?

Me souvenant des paroles de Pierre, m'accueillant il y a un instant : « En espérant qu'un jour vous-même me réserverez ma salle », inutile de dire que je me sentais mal.

Finalement, je n'ai pas parlé à Jocelyn du déjeuner de dimanche : à quoi bon ? En revanche, je lui ai raconté ma visite à Émile et les doutes de celui-ci concernant la mort de papa, les similitudes qu'il avait relevées avec l'accident de Stan et la conclusion à laquelle il était arrivé.

« La pitchoune, le lien, c'est toi. » Ces mots que je ne pouvais prononcer sans frémir.

Jocelyn n'a pas fait de commentaires. Il s'est contenté d'une caresse sur ma joue. Alors, lui aussi s'était posé la question de la culpabilité de Philippe dans la mort de papa ?

Nous avons quitté séparément L'Hostellerie. Inutile de tenter le diable.

– 52 –

Ce vendredi 10 juin, veille du jour J, Jocelyn m'a appelée dans la matinée : Pierre venait de lui apprendre que Philippe passerait demain à la première heure pour vérifier la sécurité des lieux, mandaté par le maire. Celui-ci s'inquiétait en effet des nombreux incendies ayant éclaté dans la région lors de mariages.

Nous ne nous étions pas trompés : Philippe agirait bien à L'Hostellerie… de façon officielle.

Un tel culot, je n'en revenais pas, c'était fou.

– Fou, n'as-tu donc pas compris que Philippe l'était ? Et aussi génial pour ne s'être jamais laissé prendre !

Si, avant son accident, Stan avait prononcé le quart de ces paroles, je l'aurais tué.

– Et comment a réagi Pierre ?

– Il a trouvé que c'était une excellente initiative.

– Donc plan inchangé ?

– Plan plus actuel que jamais.

Comme maman m'interrogeait sur mes projets de week-end, je lui ai répondu que je serais absente le lendemain toute la journée. Discrète à son habitude, elle ne m'en a pas demandé davantage.

En début d'après-midi, je suis allée repérer une dernière fois l'endroit où je me cacherais pour surveiller la sortie de Philippe de chez lui. Le petit parking au bout de sa rue était tout indiqué. Il ne désemplissait pas et Philippe préférait garer sa moto près de son domicile, convaincu à juste titre que nul ne se risquerait à la lui emprunter. J'ai décidé d'y planquer dès 8 heures. J'emporterais de la lecture.

Demain ? Et après ? Que se passerait-il une fois Philippe arrêté ? J'avais fini par m'interdire d'y penser. Il me suffisait de revoir Stan dans son lit d'hôpital pour être confortée dans ma décision. Et depuis ce que m'avait révélé Émile, si je renonçais à agir, ce serait également papa que je trahirais.

Durant l'après-midi, j'ai tenté de réviser mon bac. Philo : ma matière préférée avec le français. Friedrich Nietzsche était au programme. Une phrase de lui, en forme de boutade, m'avait frappée par son originalité : « À certains hommes, tu ne dois pas donner la main mais la patte. Et veille à ce que cette patte ait des griffes. »

Méfiez-vous des philosophes, un jour ou l'autre, c'est à vous qu'ils s'adressent. Demain, je sortirai toutes griffes dehors.

Vers 14 heures, Martin m'a appelée : pouvait-il venir réviser avec moi ? Dimanche, il était reparti blessé par l'accueil que j'avais fait à l'offre de croisière de son père. Et même si j'avais décidé de mettre mes sentiments de côté, je l'avais plaint.

– Pas maintenant, demain, lui ai-je répondu distraitement, et après un « merci » heureux, il a raccroché.

Demain ? Samedi ? Je perdais la tête ou quoi ? Je ne l'ai pas rappelé, à quoi bon ? Ni demain, ni les jours suivants, nous ne réviserions le bac ensemble. Mes griffes auraient déchiqueté son père.

Sans nouvelles d'Odile depuis le déjeuner avec les parents et le frère de Stan, je l'ai appelée en fin de soirée et rien que le son de sa voix a suffi à me requinquer.

Tout le monde était reparti pour Rouen. Ils reviendraient dès que la date de sortie du coma de Stan serait fixée. Je lui ai appris que j'avais été le voir à l'hôpital. Elle aussi s'y était rendue : « Une épreuve, a-t-elle reconnu, heureusement que nous savons tous qu'il s'en sortira, n'est-ce pas, ma petite ? » Oh oui !

Elle a abordé le sujet du bac et quand elle m'a lancé : « Il faut que tu aies une bonne nouvelle à annoncer à Stan quand il se réveillera », j'ai pensé à Jocelyn qui m'avait dit que Stan se sentirait coupable si j'étais recalée à cause de lui, Jocelyn, mon allié de la première heure à qui j'avais demandé de m'accompagner chez Odile le jour où il avait été renversé. Le remercierais-je jamais assez ?

Pour finir elle m'a rappelé l'invitation d'Héloïse et de Bernard à venir passer quelques jours chez eux à Rouen dès que Stan serait sur pied. J'ai raccroché à regret.

Juste avant le dîner, Jocelyn m'a envoyé un message : « Prête ? »

« Prête. »

CINQUIÈME PARTIE

Mort d'un héros

– 53 –

Philippe est sorti de son immeuble à 10 h 35. Il portait son uniforme. Il a marché tranquillement jusqu'à sa moto, a retiré l'antivol, coiffé son casque et démarré.

J'ai appelé Jocelyn à L'Hostellerie : « Attention, il arrive. » Là-bas, c'était paraît-il l'agitation générale et il avait installé sans problème la caméra-espion dans la salle. Sitôt raccroché, il la mettrait en marche et me tiendrait au courant.

Il faisait chaud. Comme une idiote, je n'avais prévu qu'une seule bouteille d'eau et mourais de soif. Quant à la lecture, vous voulez rire ?

Martin est apparu très vite, l'air joyeux : en route pour la longère, bien sûr. Comment réagirait-il quand maman lui apprendrait que j'étais partie pour la journée sans lui dire où j'allais ? Martin si heureux de réviser avec moi. Je ne me suis pas appesantie.

À 11 h 30, Jocelyn m'a rappelée : Philippe venait de repartir après seulement une petite demi-heure de présence dans la salle royale. Au courant de sa visite, tous absorbés par la préparation de la table, nul n'avait dû faire particulièrement attention à lui.

Comme il retraversait la cour, Jocelyn avait remarqué qu'il ne portait plus ses gants : bon signe pour les empreintes ? Dès qu'il aurait visionné le film et trouvé la cachette, il m'avertirait ; cela ne saurait tarder. Il semblait soulagé : bientôt la fin d'un long calvaire ?

Martin est revenu très vite, l'air furibond. Il a claqué la porte de la maison. Pauvre maman qui n'avait rien dû comprendre à ce rendez-vous manqué. Toutes les chances que, sitôt son père revenu, Martin se plaigne à lui du lapin que je lui avais posé. Inutile de m'en inquiéter. Les dés étaient jetés.

Peu avant midi, sans nouvelles de Jocelyn, je lui ai laissé un message. Il m'a rappelée presque aussitôt, dans tous ses états. Par deux fois, il avait fouillé méticuleusement salle et vestiaire sans rien trouver. Et le film montrait que Philippe ne s'était attardé vraiment nulle part. Se pourrait-il que nous nous soyons trompés ? Qu'il n'ait rien prévu pour aujourd'hui ? Il ne pouvait y croire.

En attendant, il était bel et bien coincé, ne se sentant pas le droit de quitter des lieux si chers à son ami sans être certain qu'aucun feu ne les dévasterait.

– Après tout, ne suis-je pas convié au repas ? a-t-il conclu avec un rire amer. Et de ton côté, Lou, rien de particulier ?

– Rien.

– Alors, on se rappelle.

Après avoir raccroché, je suis restée quelques secondes immobile, le cœur battant à toute volée. Si je ne me trompais pas, je n'avais pas une minute à perdre.

– 54 –

La caserne de Domfront, d'où s'effectuent tous les départs au feu, est déserte : samedi, heure du déjeuner. Passant prés du local de l'amicale, j'ai une pensée pour Émile tout en me félicitant qu'il ne soit pas là.

Arrivée au vestiaire, je commence par boire avidement au robinet du petit lavabo dont nous nous servons pour nous laver les mains ou nous passer un coup d'eau sur le visage après une sortie. Puis j'ouvre mon placard tout en surveillant la porte, l'oreille aux aguets.

Comme le font tous les soldats, j'ai collé à l'intérieur ces photos qui nous rappellent avant le combat que nous avons une famille, une maison qui nous attendent et nous réchauffent le cœur. Pour ma part, des photos de mes parents, Elsa, Martin, Grégoire. J'ai retiré récemment celles de Philippe.

J'enfile ma tenue, chausse mes rangers, coiffe mon casque. Vite, Lou ! Je referme la porte métallique et me dirige vers le camion-pompe. Alors que je m'y hisse, une cavalcade retentit dans le couloir et Philippe, suivi de cinq soldats, fait irruption dans la salle. Je ne me suis pas trompée : rien n'interrompra le repas de noces à L'Hostellerie.

Sitôt équipés, tous courent vers le camion. Philippe grimpe près du conducteur, sa place attitrée, les autres montent à l'arrière. Me découvrant sur la banquette, Marcel, un gars de Tinchebray, écarquille les yeux.

– Tiens, t'es là, toi ?

– Ça t'étonne ? je crâne, mon cœur battant à cent à l'heure.

Tous rient. Le camion démarre. Pimpon !

Le feu a pris à Vitré – dix-sept kilomètres –, au premier étage d'un immeuble ancien : pierre et bois. La radio du camion nous apprend qu'une douzaine de personnes y fêtaient les « noces de coton » de deux des leurs. Actuellement, ils sont coincés dans la salle du banquet. Les gendarmes viennent d'arriver sur les lieux.

« Noces de coton », quelques plaisanteries fusent : « Matière hautement inflammable »... L'humour, l'une des armes du pompier. S'ils savaient le rôle qu'a joué leur chef dans l'histoire, ils riraient moins fort.

Comme nous approchons de la ville, nous pouvons voir s'élever un panache de flammes mêlé de fumée noire. Malgré la sirène, la progression du camion est entravée par les nombreux curieux qui courent vers le sinistre. Les gendarmes nous fraient un chemin. Nous y sommes. Je sors la dernière.

Des fenêtres ouvertes du premier s'échappent des cris, des appels à l'aide. Les pleurs d'un enfant ? On n'y voit presque rien. Une odeur de bois et de plastique brûlés imprègne l'atmosphère. Le rez-de-chaussée semble dégagé : à vérifier. Eau, gaz et électricité ont été coupés : bien.

Deux hommes détachent les tuyaux du camion, très vite, visières baissées, lances au poing, ils pénètrent dans le bâtiment, s'engagent dans l'escalier tandis qu'un autre binôme s'introduit au rez-de-chaussée par les fenêtres brisées pour le sécuriser.

Aidé par le conducteur, Philippe détache la grande échelle du camion et l'applique contre le mur. Le dernier échelon arrive pile-poil à la bonne hauteur. Sans attendre, il s'y engage. Je le laisse gravir quelques échelons et monte résolument à sa suite.

Qu'ai-je l'intention de faire ? Je ne le sais pas exactement mais une détermination farouche m'anime. C'en est trop, il faut en finir ! Que ce soit à L'Hostellerie ou ici, avec ou sans Jocelyn, le but reste le même : démasquer l'incendiaire, le mettre hors d'état de nuire.

Un échelon, encore un, un autre. La chaleur est intense, tout près, le feu gronde comme un animal furieux, ma tête bourdonne. Un jour, j'avais 6 ans et c'était mon anniversaire, j'avais demandé à mon parrain de me prendre avec lui sur la belle échelle rouge. Je me souviens que papa était moyennement d'accord, maman si. L'échelle avait été dressée contre le mur extérieur de la caserne. La campagne bruissait autour comme un murmure d'admiration. Casquée, bottée, j'avais commencé l'escalade sous la protection de Philippe. C'était difficile, je sentais son souffle sur ma nuque et j'imaginais que c'était celui du feu. Parvenus au vingt-quatrième échelon – 2 + 4 = 6 – mon âge, il m'avait semblé que le ciel, le monde, m'appartenaient. Et, le bouquet final : tous les pompiers m'applaudissant à la redescente. Le plus fabuleux des cadeaux, des anniversaires. Étonnez-vous que, de ce jour, je n'aie plus rêvé que de porter l'uniforme ?

À mi-chemin, je m'arrête quelques secondes pour reprendre souffle. Si Philippe baissait les yeux, il ne verrait qu'un soldat montant derrière lui. En bas, je distingue une marée de casques, de képis, de visages renversés suivant notre progression. Je reprends la montée. Il me semble que tout ce que j'ai vécu jusqu'ici avec Philippe, tous ces instants de joie qui font le bonheur, de confiance, d'abandon… Mais aussi ces lendemains qui déchantent, le doute, la cruelle certitude, me menaient à cette minute où je me retrouverais face à lui, cet instant de vérité où je lui crierais : « Halte-là ! »

Ne dit-on pas qu'avant de mourir toute votre vie défile devant vos yeux ? Vais-je mourir ? Je n'ai pas peur, pas le temps, plus le choix. Jocelyn prendra la relève, je lui fais confiance. Aidé de Stan ? Oh, mon Stan !

Mon casque heurte une botte, un dernier effort et me voilà sur le vingt-troisième échelon. Philippe se retourne. Une seconde, je soulève ma visière, nos regards se croisent. Il s'accroupit et tend son gant, son poing vers moi. Je suis prête.

Mais un claquement bref, comme un coup de feu, a retenti dans l'immeuble et une bouffée immense, brûlante, s'est ruée à la fenêtre. J'ai suffoqué, elle allait m'emporter, quand un violent coup de botte m'a expédiée plus bas.

Agrippée à la rampe, je respirais à nouveau. Quand j'ai relevé les yeux, Philippe n'était plus là.

– 55 –

Une main empoignait mon coude, m'aidait à descendre. Dix mains se tendaient vers la mienne alors que je touchais terre. Mais ce n'était pas vers moi que tous les regards se tournaient, c'était vers le corps démantibulé d'un pompier écrasé sur le sol, dans la boue et les débris de verre et de bois.

– Il t'a sauvée ! a grondé une voix masculine.

On m'entraînait vers l'ambulance, on m'obligeait à y monter, à m'y asseoir. Une femme me retirait mon casque.

– Tu as mal quelque part ?

Non. Nulle part. Pas même une brûlure. RAS. Rien que la vision d'une botte me frappant, me sauvant ?

– Bois !

Je buvais avidement, éperdument. Je noyais mon épouvante et ma douleur. Je tentais de me noyer dans un verre d'eau.

– Tu peux être fière de lui, c'est un héros, a dit une autre voix.

On se tutoie entre soldats.

J'apprenais que l'ouverture malencontreuse d'une porte dans l'immeuble en feu avait provoqué un appel d'air qui avait failli m'emporter. Qu'en me projetant avec sa botte plusieurs échelons plus bas, Philippe m'avait sauvée. Avant, déstabilisé à son tour, de basculer dans le brasier.

Je me levai, écartai ceux qui cherchaient à me retenir, quittai l'ambulance. Il fallait que je le voie, que je voie ses yeux, son visage. Il fallait que je le touche : son gant, sa botte, sa peau, pour être certaine que c'était bien lui, Philippe Châtenay, mon parrain, et qu'il m'avait choisie : ma vie contre la sienne.

Jocelyn a jailli devant moi :

– Lou !

Il m'a attrapée dans ses bras :

– J'ai eu peur, tellement, tellement peur !

Je crois bien qu'il pleurait. Je crois bien que moi aussi. Et d'autres uniformes : un soldat a le droit.

– Je sais. On m'a tout raconté.

Cette ferveur dans sa voix, ce regard brillant sous les larmes, il avait l'air d'y croire vraiment. Je courais à nouveau : « Laissez-moi passer », « Laissez-moi passer. » Je n'avais plus de voix. Jocelyn a pris le relais. Comme nous arrivions à la civière, un cri a retenti : « PAPA », et Martin a surgi, suivi par Grégoire et maman. Il est tombé à genoux près de son père.

On lui avait retiré son casque. Ses paupières étaient fermées, son visage gris. Si son corps n'avait été aussi tordu, bizarrement tordu, on aurait pu le croire sur le point de se réveiller, revenir à lui, à nous. Un jour, Stan m'avait expliqué que ces deux rides plus affirmées au coin de sa bouche signifiaient la détermination. J'étais d'accord.

Secoué de sanglots, Martin a posé la tête sur la poitrine de son père. Et devant ce grand petit garçon trop enveloppé, pleurant celui qui était tout pour lui, sa force, son modèle, sa fierté, durant un instant le silence s'est fait.

– Il t'aimait, m'a dit Grégoire.

Son corps avait été emmené à la morgue, les blessés conduits à l'hôpital, il était 16 heures, l'heure du bilan.

Parmi les participants à la fête, aucun mort n'était à déplorer grâce à l'ordre impérieux adressé à ceux-ci, par l'adjudant Philippe Châtenay, de se réfugier dans une minuscule pièce attenante à la salle du banquet, quitte à s'empiler les uns sur les autres et à s'y enfermer jusqu'à l'arrivée des secours. On ne comptait que trois brûlés dont un pour lequel le pronostic vital était engagé.

Après avoir été recueillis dans l'église Saint-Martin toute proche – Martin, patron des soldats et des maréchaux-ferrants, le destin vous envoie parfois de sacrés clins d'œil –, les rescapés ont été dirigés vers la mairie où une cellule psychologique œuvrait déjà. Le maire s'est engagé à reloger tout le monde.

Le camion-pompe est reparti sans moi, Grégoire se chargeant de me rapatrier ainsi que Martin, soutenu par maman.

Les derniers curieux, ainsi que deux ou trois journalistes, ont été priés de quitter les lieux par les gendarmes, avant que ceux-ci n'entourent de ruban jaune la scène du crime. L'enquête allait pouvoir commencer.

Elle serait vite bouclée, cent témoins ayant vu l'adjudant Philippe Châtenay tomber dans le brasier après avoir sauvé l'un des siens.

– 56 –

L'enterrement a eu lieu le mercredi 15 juin au cimetière de Montsecret-Clairefougère. C'était une journée grise, lourde, plombée. La météo annonçait des orages de grêle dans la région et les viticulteurs préparaient leurs fusées.

Jamais on n'avait vu tant de monde, de « beau monde », dans le village. Le préfet, le sous-préfet, le colonel directeur du centre d'incendie et de secours et tous les notables des communes avoisinantes. Beaucoup d'entre eux étaient arrivés la veille et les hôtels du coin affichaient complet, dont bien sûr, la fameuse Hostellerie. Les gens ont besoin de héros, ils réclament des modèles, des guides, qui leur fassent oublier « les regards de haine et les combats de sang » dont parle la chanson.

Et partout, les soldats du feu.

Avant la messe, une brève cérémonie s'est déroulée sur le parvis de l'église Saint-Michel dont le modeste clocher n'avait jamais connu pareil événement. Dans l'impossibilité de venir lui-même, le ministre de l'Intérieur avait délégué au préfet la mission de nommer, à titre posthume, l'adjudant Philippe

Châtenay chevalier de la Légion d'honneur. Après un bref éloge, tous l'ont vu poser sur le cercueil entouré de pompiers la médaille verte et dorée suspendue au ruban rouge. Et les flashes ont crépité comme de la mitraille.

Puis quatre hommes se sont avancés, dont Martin. Ils ont hissé le cercueil sur leurs épaules avant de pénétrer dans l'église bondée et descendre la travée jusqu'au curé de Montsecret, assisté de celui de Clairefougère, qui attendaient le défunt les bras grands ouverts.

« Entre dans la maison du Seigneur. »

Le cercueil posé sur les tréteaux, Martin s'est avancé et il a ajouté à la médaille d'honneur pour actes de courage et de dévouement reçue par son père à l'occasion de la Sainte-Barbe, en décembre dernier. Cette médaille qui m'avait donné l'idée d'aller trouver Axelle à son spa et la réconcilier avec son père. Axelle par qui tout avait commencé.

Était-elle au courant de la mort glorieuse de celui qu'elle accusait d'avoir provoqué celle de sa mère ? Sans doute : depuis trois jours, toute la presse ne parlait que de lui.

Pour ma part, je ne cessais de me répéter les deux mots prononcés par Grégoire devant le corps de mon parrain : « Il t'aimait. » Et, dans cette église, mêlée à l'odeur d'encens, je sentais monter celle du pardon.

On ne comptait pas les fleurs, les gerbes, les couronnes barrées de rubans exprimant le regret ou les remerciements. Le bouquet de maman était fait de fleurs du jardin, entretenu par son beau-frère après la mort de papa.

La messe a commencé.

Nul n'avait vu Philippe dans une église depuis le décès de son épouse. Au cours de son homélie, le curé a dit que l'on pouvait mériter le Ciel en œuvrant pour son prochain et que, tout au long de l'office, nos prières l'y accompagneraient.

Maman pleurait, Elsa non, qui avait décidé de ne plus croire pour manifester sa colère à Dieu… Entre Jocelyn et moi, Martin, droit comme un I, affichait un visage résolu. Depuis samedi, de nombreuses personnes avaient défilé à la maison pour lui manifester leur chagrin et leur admiration pour son père. Peu à peu, on avait pu le voir redresser la tête, se redresser. C'était la fierté retrouvée. Son but serait désormais d'être digne de lui et de s'inspirer de son exemple. En quelques jours, il avait grandi.

La communion s'est déroulée au son de l'*Ave Maria* de Franz Schubert : un cri vers le Ciel, une imploration, mais aussi comme une acceptation, un consentement. Et quand, plus tard, le prêtre a écarté les bras : « Donnez-vous la paix », il m'a semblé voir sourdre une lumière dans l'obscurité.

Une haie d'honneur attendait le cercueil à la sortie de l'église. Tous ont pu entendre la voix forte du colonel : « Garde à vous ! » Tandis que les soldats faisaient à Philippe le salut militaire.

– 57 –

Le ciel déversait ses grêlons ailleurs, il était dégagé lorsque nous avons pris le chemin du cimetière, nous dirigeant vers la parcelle de terre réservée à la famille où se trouvaient déjà les grands-parents de Philippe et de Louis, leur père Francis, Aurore et papa.

Une main a touché mon bras : Axelle.

– Alors c'est vrai, tout ça ?

Elle crânait dans son chemisier coloré, jupe fantaisie et talons hauts. Je lui ai souri.

– Oui, c'est vrai. Sans lui, je ne serais pas là.

Elle a hoché la tête et gardé un instant le silence. Martin et Jocelyn marchaient devant nous. Si Martin se retournait, la reconnaîtrait-il ? Aucune photo de sa tante chez son père.

– Et votre ami, Stanislas, je crois, il n'est pas là ? a-t-elle poursuivi.

– Un empêchement, lui ai-je répondu, mais il va bien.

Elle m'a adressé un petit signe détaché et elle a disparu comme elle était venue. Chacun salue comme il peut le départ de l'un des siens. N'empêche que de la voir là m'a fait chaud au cœur.

Les employés du cimetière attendaient près de la fosse, impressionnés par tous ces costumes, ces cravates, ces décorations. Ils se tenaient bien droits, secrètement flattés de participer à un tel événement.

C'est maman qui s'était occupée de tout, secondée par Grégoire : le choix de la maison de pompes funèbres, du cercueil, de la musique et de la pierre tombale. Je lui avais fait confiance pour rechercher la sobriété, Philippe étant allergique à tout apparat, à toute pompe.

Le curé de Montsecret a parlé d'espoir, le préfet, de grandeur. Quand le porte-drapeau s'est avancé, tous se sont tus.

Il portait un blazer bleu marine et des gants blancs. Alors que le cercueil descendait lentement dans la fosse, très exactement au même rythme, il a abaissé l'étendard aux trois couleurs portant l'inscription : « Honneur et Dévouement », rendant ainsi au soldat l'hommage de la nation tout entière.

Il y a eu des applaudissements.

Dans la grande salle de la mairie de Clairefougère, un buffet avait été dressé, réunissant famille, amis et personnalités. L'atmosphère était au soulagement : tout avait été fait, et bien fait, pour honorer l'enfant du pays.

Ces derniers jours, les journalistes m'avaient harcelée. J'avais déclaré une fois pour toutes que je ne répondrais à aucune question, n'accorderais aucune interview et Grégoire et maman m'avaient protégée autant qu'ils l'avaient pu.

Martin, au contraire, ne demandait qu'à parler et on l'avait vu et entendu partout chanter les louanges de son père, raconter ses hauts faits d'armes et aussi l'amour qu'il en avait reçu. Engrangeant matière à grandir encore ?

Alors que maman ne demandait qu'à le garder à la maison, il envisageait déjà de rentrer chez lui, dans l'appartement de son père. Avec les quelques biens dont il hériterait et son travail à plein temps au haras, il devrait s'en sortir sans souci. Au besoin, nous l'aiderions.

Jocelyn, son employeur et ami, est venu vers moi avec un sourire tendre.

– Tu te souviens, ma Lou ?

Si je me souvenais ! Trois semaines seulement auparavant, il m'avait entraînée dans ce bâtiment pour me montrer une affichette annonçant le mariage de Stéphane Chanoineau avec Natacha de Nouël : deux noms que je n'oublierais jamais, même s'il m'était impossible de mettre des visages dessus. Il m'avait appris que le repas de noces aurait lieu à L'Hostellerie et, à partir de là, tout s'était enchaîné inexorablement, nous menant à cette journée, cet enterrement, ce buffet, maintenant.

Si Jocelyn n'avait pas remarqué l'affichette, si je n'avais pas décidé d'agir, si nous n'avions pas élaboré notre plan et que, contre toute raison, toute prudence, j'avais refusé d'y renoncer, où en serions-nous ?

Il y a des questions qui vous fichent un tel vertige qu'il vaut mieux tirer le rideau. Peut-être y reviendrais-je un jour avec mon spécialiste du comportement, mon profileur, mon amour.

En attendant, ne cessent de frapper à ma mémoire des images de joie, parfois même de bonheur qui me surprennent moi-même. Figurez-vous que je me suis replongée dans mes antiques albums de photos dont s'amuse autant Stan. Et hier, avant de me coucher, pour une nuit comme ci comme ça, j'ai regardé longuement la dernière, prise par maman à Noël, où je brandis le foulard que Philippe vient de m'offrir : mauve, ma couleur préférée.

Ce foulard que j'ai tenu à porter aujourd'hui.

Plus tard, à la recherche d'un peu de calme, je suis sortie discrètement de la salle des fêtes et suis allée m'asseoir sur l'un des bancs de pierre qui forment comme des gradins devant la mairie.

De petits groupes de villageois discutaient à voix basse tandis que des enfants tournoyaient sur leurs vélos autour de la place, s'efforçant de ne pas crier trop fort ainsi qu'on le leur avait recommandé.

Je n'ai pas reconnu tout de suite l'homme qui prenait place près de moi. La dernière fois que je l'avais vu, il portait un chapeau de paille et il pêchait dans le Noireau.

Émile a enfermé ma main dans sa grosse patte de paysan.

– Tu vois, la pitchoune, le regret, le doute, le remords, tout ça, ça finit par vous empoisonner la vie, alors, crois-en un vieux soldat, rien ne vaut que d'avoir l'âme en paix. Et pour cela, il faut savoir pardonner.

– C'est fait, lui ai-je répondu.

– 58 –

Que se passe-t-il dans les salons du ciel ? Depuis notre arrivée à l'Auberge-Hôtel-Crêperie d'Houlgate, il nous en fait voir de toutes les couleurs : du bleu, du gris, du venteux ou de l'éclatant, du n'importe quoi, du jamais vu. Et ne me parlez pas de changement climatique ou de pollution, c'est Stan et moi qui en sommes la cause, c'est l'amour, capable d'empoigner le monde par les bords et le faire danser.

Le jour de son réveil à l'hôpital, ses parents, ses frères, Odile et moi étions présents. Après cent sept ans d'attente, monsieur a daigné soulever ses paupières, son regard est passé sur nous, il a murmuré « coucou » et il a replongé dans les vapes. N'empêche que trois semaines plus tard, il sautait du lit et que la fête commence !

Ça tombait pile, je venais de décrocher mon bac : mention bien. Pas Martin qui s'est planté dans les grandes largeurs et clame partout qu'il s'en contrefout. Figurez-vous que son père, salué par toute la France, ne l'avait pas lui non plus. Alors pas question d'insister, il va enfin pouvoir réaliser son rêve :

travailler avec Jocelyn qui ne lui a pas demandé son CV pour l'embaucher dans son haras.

Quand j'ai appris à Stan la vérité sur son accident, il n'a pas été autrement surpris : ce pauvre Philippe, enfermé dans sa haine ! Quand je lui ai raconté ce qui s'était passé sur le dernier échelon de la grande échelle rouge, il m'a rappelé que nul n'est tout blanc ou tout noir et que le plus abominable des hommes, la plus perverse des femmes, gardent dans un recoin de leur âme une petite part d'amour à donner. Sinon, où serait le sel de la vie ? J'en étais la preuve éclatante. J'aime bien quand Stan parle d'âme. Le mot se perd.

En attendant, chaque jour que Dieu nous accorde, nous nous gavons de moules, crevettes, galettes complètes et encore une bolée de cidre s'il vous plaît. Puis nous nous envolons pour la plage, à la recherche de bruissements d'ailes, éclaboussures de vagues et d'affreux fossiles : le paradis.

Avant de nous aimer à cœur et à corps perdus.

Stan m'a raconté qu'à l'hôpital, alors qu'il sommeillait tranquillement, une voix qui ressemblait à la mienne l'avait réveillé en lui parlant d'amour, de faire l'amour.

Contrairement à ce qui se dit, on ne « fait » pas l'amour : « S'il vous plaît, monsieur le traiteur, un peu plus de sel, de poivre, une louche de porno, un zeste de piment. » On ne le trouve pas non plus sur les réseaux sociaux : « Cent pour cent gratuit, résultat assuré. » Il vous dégringole dessus au moment où vous ne l'attendez plus. Il vous frappe, vous enlève, vous kidnappe, dans un souffle vertigineux qu'on appelle en général « coup de foudre » et parfois « retour de flamme » car il n'y a pas d'âge pour y succomber : c'est toi, c'est moi, c'est lui, c'est elle et basta.

Alors, vous pouvez vous permettre toutes les extravagances, abuser des « toujours », des « jamais », de la fleur bleue, de la bluette, des romans de gare, des midinettes, des écervelées, et même être heureux.

Ah ah ah ! Il y en a qui rigolent et parlent de chimères, les ignorants ! Sachez que dans la mythologie grecque, le plus passionnant des polars, le plus trépidant des suspenses, le plus gore des films, la chimère est une créature fantastique et malfaisante dont le corps tient pour moitié du lion, pour l'autre de la chèvre, avec la queue d'un dragon.

Alors vous je ne sais pas, mais moi, je préfère parler de rêve, de fantasme, de délire et même de folie puisqu'elle est souvent associée au mot « douce ». Folie douce, le top !

Je m'appelle Lou, il s'appelle Stan. Malgré l'orage qui gronde et les grands tourments, laissez-nous, laisse-nous, nous aimer.

Composition réalisée par Belle Page

Cet ouvrage a été imprimé en France par
CPI Brodard & Taupin
Avenue Rhin et Danube
72200 La Flèche (France)

pour le compte des Éditions Fayard
en mars 2020

PAPIER À BASE DE FIBRES CERTIFIÉES

Fayard s'engage pour l'environnement en réduisant l'empreinte carbone de ses livres. Celle de cet exemplaire est de :
0,900 kg éq. CO_2
Rendez-vous sur www.fayard-durable.fr

Dépôt légal : mars 2020
N° d'édition : 33-6055-5/01 - N° d'impression : 3038609